오래
준비해온
대답

오래
준비해온
대답

김영하의
시칠리아

福
복복서가

언젠가 시칠리아에서 길을 잃을 당신에게

인생은 길지 않다. 과거에 쓴 책을 보면 더욱 그렇다. 쓸 때의 느낌은 아직 생생한데 판권면을 들춰보면 그게 벌써 십 년 전이고 십오 년 전이다. 그런 책들은 마치 과거의 내가 현재의 나에게로 보내온 메시지 같다. 운이 좋아서 나는 아직도 작가고 글을 쓰며 먹고살고 있지만 이 책을 쓰던 때는 모든 게 불확실했다. 편집자로부터 받은 교정쇄 속의 나는 아내와 함께 먼길을 떠날 준비를 하고 있다. 시칠리아를 여행한 우리는 이 년 반쯤의 해외체류를 무사히 마치고 귀국하게 되지만 그때는 아직 모르고 있었다. 밴쿠버와 뉴욕에 가서 살게 될 것도, 심지어 귀국 후 부산에서 또 삼 년을 살게 될 것도. 이제는 모든 것을 알고 있고 웃으며 회상할 수 있다. 그러나 이 책이 쓰인 십 년 전에는 그럴 수 없었다.

이 책이 나오던 해에 아이폰이 우리나라에서 출시된다. 그러니까

이 여행은 스마트폰 이전 시대에 경험한 마지막 여행이라고 할 수 있다. 구글맵도, 트립어드바이저도, 호텔스닷컴도 없던 시절. 우리는 현지에 도착해 그날 밤에 묵을 호텔을 공중전화로 예약했다. 렌터카 조수석에 앉은 아내가 종이 지도를 보며 길을 찾았다. 우리는 종종 이상한 길로 접어들어 헤맸고 일정에도 없던 곳에 가서 머물렀다. 스마트폰이 우리 삶의 일부가 된 지 십 년, 이제는 길을 잃고 싶어도 잃을 수가 없다. 모든 것을 예약하고, 유튜브로 미리 살피고, 다른 여행자의 리뷰를 꼼꼼히 본다. 그래서 가끔은 생각지도 못한 곳으로 흘러들어가 놀라운 발견을 거듭하던 그 시절의 여행을 떠올리며 그리워한다. 그때는 스마트폰이 없었고, 그리고 무엇보다,

젊었다, 그리고(아니 그래서),

겁이 없었다. 몇 년 전 절판된 이후, 꾸준히 이 책을 찾는 분들이 있다는 소식을 들었다. 새로운 장정과 편집으로 펴낼 수 있게 되어 기쁘다. 그 여행 이후 내 삶에는 큰 변화가 있었다. 이 땅을 떠나 오래 사는 첫 경험을 했고, 요리를 즐기게 되었고, 내가 어떤 사람인지 더 명확히 알게 되었다. 배수의 진을 친다는 느낌으로 결행한 여행이었지만 막상 떠나보니 여행 그 자체가 좋았다. 원고를 다시 읽다보니 인생의 큰 변화가 막 시작되려는 순간의 여행, 그때의 온갖 느낌이 그대로 되살아나는 것 같았다. 그 기분을 지금의 독자들과도 나누고 싶었다.

개정판에는 원래의 판본에서 마지막 순간에 누락시켰던 한 꼭지, 즉 시칠리아에서 어설프게 해먹었던 현지음식 요리법 같은 꼭지를 추가했다.

원고를 고치고 다듬다 어떤 문구에 눈길이 머물렀다. 10년 전에는 심상하게 지나쳤던 부분이었다. EBS 여행 프로그램 프로듀서가 나를 찾아와 어디로 여행하고 싶으냐고 묻고 나는 마치 '오래 준비해온 대답'처럼 시칠리아라고 대답하는 장면. 생각해보면 내 많은 여행이 그렇게 시작되었다. 어떤 나라나 도시를 마음에 두었다 한동안 잊어버린다. 그러다 문득 어떤 계기로 다시 그곳이 떠오른다. 그리고 정신을 차려보면 어느새 그곳에 가 있다. 그런 여행은 마치 예정된 운명의 실현처럼 느껴진다. 개정판의 제목이 바로 이 문구에서 나왔다.

내게는 '과거의 내가 보내온 편지' 같은 책이지만 어떤 독자에게는 미래의 자신에게 보내는 약속 같은 책이 될 수도 있지 않을까 희망해본다. 이 책을 읽는 누군가는 언젠가 시칠리아로 떠나게 될 것이고, 장담하건대 후회하지 않을 것이다.

2020년 4월

김영하

Contents

009 Prologue 언젠가 시칠리아에서 길을 잃을 당신에게

021 내 안의 어린 예술가는 어디로

039 첫 만남

053 소프레소, 에스프레소

073 리파리

101 지중해식 생존요리법

113 리파리 스쿠터 일주

129 리파리 떠나던 날

135 향수

147 메두사의 바다, 대부의 땅

165 아퀘돌치해변의 사자

183 천공의 성, 에리체

207 빛이 작살처럼 내리꽂힌다는 것은

229 메멘토 모리, 카르페 디엠

255 신전

267 죽은 신들의 사회

295 Epilogue 네가 잃어버린 것을 기억하라

어느새 나는 그런 사람이 되어 있었다.

내 안의 어린 예술가는 어디로 갔는가?

……아직 무사한 걸까?

내 안의
어린 예술가는
어디로

I

나이 마흔에 나는 모든 것을 다 가진 사람이 되어 있었다. 국립 예술대학의 교수였고 네 권의 장편소설과 세 권의 단편소설집을 낸 소설가였고 라디오 문화프로그램의 진행자였고 한 여자의 남편이었다. 서울에 내 이름으로 등기된 아파트가 있었고 권위 있는 문학상들을 받았고 서점의 좋은 자리엔 내 책들이 어깨를 맞댄 채 사이좋게 놓여 있었다. 소설들은 베스트셀러는 아니었지만 꾸준히 팔려나가는 편이었고 개중에 어떤 것은 영화나 연극으로 제작되었다. 그리고 또 몇 권의 소설은 해외에서도 출판되었다. 그리고 그 무렵, 한 일간신문으로부터 연재소설 제의도 받았다. 좋아요, 합시다. 하죠, 뭐.

한마디로 부족한 게 없던 시절이었다. 그러나 그 시절의 내 삶은 실로 숨막히는 것이었다. 아침이면 허둥지둥 일어나 차를 몰고 학교로 갔다. 제법 좋은 차였지만 늘 막히는 내부순환로에서는 별로 쓸모가 없었다. 거기선 모든 차가 평등했다. 날마다 좁고 어두운 터널 속에 갇힌 채, 서서히 싹을 틔우며 자라나는 폐소공포와 싸워야 했다. 북한산 자락을 뚫고 서울의 서부와 북부를 잇는 그 터널에선 언젠가 실제로 화재가 발생해 차들이 갇혀 있기도 했다.

한 시간 가까이 차를 몰아 학교에 도착하면 수업준비를 했다. 예술학교의 영민한 학생들에게 글쓰기를 가르치는 것은 쉬운 일이 아니다. 사실 나는 선생으로서는 별 재능이 없는 편이다. 선생에게는 지식 외에도 많은 것이 요구된다. 친화력, 학생에 대한 애정, 그리고 자신이 알고 있는 것을 잘 제시할 수 있는 표현력이 있어야 한다. 무엇보다 선생에게는 자신이 가르치는 것에 대한 확신이 필요하다. 이것은 매우 중요하며 따라서 너희들은 이것을 제대로 배우지 않으면 안 된다는 신념이 없다면 수업은 맥이 빠진다. 내겐 그게 없었다. 과연 소설 쓰기라는 게 배워서 되는 것일까? 내가 가르치면 뭐가 좀 나아지는 것일까? 오히려 재능 있는 학생들을 망치는 것이 아닐까? 늘 이런 의심에 사로잡혀 있었던 것이다. 이런 의심을 떨쳐버리기 위해 나는 강의시간이면 더 큰 목소리로 힘주어 말했다. 그러나 그럴수록 내 내면은 더 쪼그라들었다.

저녁이면 젖은 비옷 같은 영혼을 추슬러 여의도로 향했다. 문화계의 이슈들을 다루고 예술가들을 불러 이야기를 듣는 프로그램이었다. 일주일에 세 번 생방송이 있었고 그 전과 후에는 녹음이 있었다.

연주회를 앞둔 바이올리니스트, 브누아드라당스 같은 큰 상을 받은 발레리나, 신작을 출간한 동료 작가, 개봉을 기다리는 영화감독 같은 사람들이 초대되었다. 요일마다 고정 게스트가 있어 이들로부터 각 장르의 현황에 대한 이야기도 들었다. 올해 칸 영화제가 실망스럽다는 얘기, 출판계에 일본소설이 몰려온다는 얘기, 바젤아트페어가 성황리에 끝났다는 얘기들을 나누었다.

방송 역시 강의와 비슷한 면이 있다. 이것 역시 한 편의 쇼다. 정해진 시간에 시작되어야 하고 또 끝나야 한다. 그리고 언제나, 쇼는 계속되어야 한다. 손님들이 다녀간 빈자리에 남아 나는 아무도 돌보아주지 않는 내 내면을 스스로 감당해야 했다. 버스가 왔는데, 와서 모두들 그 버스를 타고 떠나는데, 나만 정류장에 남아 있어야 하는 기분이었다. 나도 저 버스에 타고 떠나야 하는데, 타고 떠나버려야 하는데 그러나 나는 정류장에 남아 있는 대가로, 그들에게 손을 흔들어주는 대가로 돈을 받는 사람이었다.

이것은 그리스신화에 나오는 고전적인 저주의 형식을 닮았다. 너는 소설가가 되고자 하는 아이들에게 마음껏 소설 쓰기에 대한 얘기를 해도 좋다. 그러나 절대로 그 시간에 네 자신의 소설을 써서는 안 된다. 너는 다른 사람의 예술에 대해 얼마든지 말해도 좋다. 신나게 떠들어라. 하지만 그 시간에 네 소설을 이야기하거나 그것을 써서는 안 된다. 나는 그 저주의 대가로 월급과 연금을 보장받고 꽤 쏠쏠한 출연료를 받았지만 집으로 돌아오면 뒤통수 어딘가에 플라스틱 빨대가 꽂힌 기분이었다. 쉬익쉬익, 기분 나쁜 바람소리가 들렸다.

내가 아닌 누구라도 해치울 수 있는, 괴테식으로 말하자면 내 영혼을 단 1밀리미터도 '고양'시키지 않는 라디오 프로그램이 끝나면 밤 열한시였고 텅 빈 방송국 주차장에서 차를 빼 강변북로를 달려 집으로 돌아오면 열한시 반이었다. 주차공간이 거의 남아 있지 않은 아파트 주차장을 돌아다니다 겨우 이중으로 차를 대고 집으로 기어올라가면 자정이 다 돼 있었다. 방금 전까지 스튜디오에서 온 신경을 곤두세우고 있었기 때문에 잠도 쉬 오지 않았다.

이런 상황에서 장편연재는 무리 아니야? 아내가 물었지만 나는 걱정 말라고, 다 해낼 수 있다고 큰소리를 쳤다. 시간을 효율적으로 사용하면 돼. 나는 잘나가는 벤처기업의 CEO처럼 말하고 있었다.

2

"학교를 그만둬. 방송도 때려치우고."

그해 겨울에 아내가 말했다.

"그럼 어떻게 먹고살지?"

"소설을 더 열심히 써."

"소설은 지금도 열심히 쓰고 있어."

"아니, 지금보다 더 열심히 써."

"소설가는 봉제공장 노동자가 아니야. 계속 일한다고 생산량이 늘지는 않아."

"어쨌든 그만둬. 너무 힘들어 보여. 그리고 아직 젊을 때, 좀더 소설에 집중해."

"공무원 연금은 어떡하지? 건강보험은? 매달 나오는 월급은? 성과급은? 그리고 직장이 있기 때문에, 아니 교수이기 때문에 받는 이런 저런 눈에 보이지 않는 특혜들은? 이 아파트를 살 때 꾼 주택담보 대출금이라든가 하는 것들은?"

"생활비를 줄이고 어떻게든 살아가면 돼. 신혼 때는 그런 것 없이도 잘만 살았잖아."

"애들 가르치면서 배우는 것도 있어."

"잃는 게 더 많을 거야. 내가 당신을 알아. 당신은 눈앞에 있는 모두를 만족시켜야 되는 사람이야. 그게 얼마나 피곤한 일이야? 왜 당신이 그런 일을 해야 돼? 학생들은 어차피 자기가 알아서 커나가게 돼 있어. 선생이 누구든 그건 별로 중요하지 않아. 안 그래?"

"그럼 학교는 그만두고 방송은 계속할까? 그건 별로 힘이 안 들어."

"정말 그래?"

"그럼. 그냥 앉아서 게스트에게 질문만 하면 돼. 이번에 개봉하는 영화, 제작과정이 험난했다면서요? 그럼 출연한 영화감독이 다음 말을 이어주고, 나는 장단을 맞춰주면서 계속 이어나가기만 하면 되는 거야."

"그렇게 간단할 리가 없잖아?"

"……"

"좋아. 그럼 학교만 그만둬."

나는 사표를 썼다. 학교는 나보다 훌륭한 예술가들이 나름의 신념에 따라 학생들을 가르치고 있는 곳이다. 나는 그중에서 가장 젊은 축에 속하는 선생이었다. 그래서 그 사표는 공식적인 사직서라기보다 선배 예술가들에게 보내는 계면쩍은 탄원서에 가까운 것이었다. 항산恒産이 항심恒心이라고 믿는 분들, 외로운 예술가에게는 든든한 진지가 필요하다고 믿는 분들, 나가면 더 많은 유혹에 시달린다고 충심으로 경고하는 고마운 선배들을 설득하려는 무용한 노력의 소산이었다. 나는 성공하지 못했다. 그분들도 마찬가지였다. 몇 통의 편지를 더 썼지만 상황은 별로 나아지지 않았다.

개강이 코앞으로 다가오고서야 내 신상의 문제가 처리되었다. 이 년 반을 일하고 받은 퇴직금과 공무원 연금 반환금은 보잘것없었다. 나는 다시 국민연금과 지역건강보험에 가입했다.

3

소설연재를 시작한 것은 학교를 그만둔 것과 거의 같은 시기였다. 『퀴즈쇼』는 고정된 직장을 박차고 나와 전업작가로서의 운을 시험하는 장편소설이었다. 매일 책상 앞에 앉아 새로운 소설을 쓰는 일은 그래도 즐거웠다. 강의준비를 하고 학교운영에 관련한 이런저런 회의

에 참석하는 대신, 오롯이 소설에만 집중할 수 있어서였을 것이다. 장편소설을 쓴다는 것은 고통스럽지만 실로 진귀한 경험이다. 단편소설과는 완전히 다르다. 하나의 세계와 다양한 인물들을 창조하고 그 안에서 그들과 함께 살아가는 경험이다. 자신만의 테마파크를 만들고 그 안에서 논다는 점에서, 『찰리와 초콜릿 공장』의 윌리 웡카 같은 인물과 비슷하다고도 할 수 있다. 그래서 장편소설을 일단 시작하고 나면, 그리고 그 세계가 자신의 질서를 가지고 움직이기 시작하면, 그 안에서 빠져나와 일상을 마주하기가 점점 싫어진다. 일상은 어지럽고 난감하고 구질구질한 반면 소설 속의 세계는 언어라는 질료로 견고하면서도 흥미롭게 축조되어 있다. 무엇보다 내 소설은 나를 환영하고 있다. 나를 초대하고 언제나 내가 그들의 세계 속으로 들어와 자신들에게 활력을 불어넣어주기를 기대하고 있는 것이다.

『퀴즈쇼』를 시작하고 얼마 지나지 않아 나는 방송국의 담당 PD와 지금 생각하면 별것도 아닌 문제로 언쟁을 벌였다. 때는 마침 정기개편 직전이었다. 나는 결국 라디오 프로그램도 그만두고 말았다. 어쩌면 벌써 오래전부터 내 마음이 여의도에서 떠나 있었는지도 몰랐다. 어쨌거나 이제는 저녁마다 나 아닌 다른 예술가들이 얼마나 행복하신지, 얼마나 즐거우신지, 묻고 또 물을 일이 없어진 것이었다. 대신 미래를 대비할 중요한 수입원이 또하나 사라졌고 이제 매달 생활비가 들어올 구석은 연재소설밖에 없었다. 그러나 그제야 비로소 아침부터 저녁까지 소설만 생각할 수 있게 되었고 사실 그것만으로도 좋았다.

4

예술학교에서의 마지막 학기, 어느 수업시간에 나는, 그때는 그게 마지막 학기가 될 줄은 전혀 모르고 있었지만, 학생들에게 이런 말을 했었다. 우리 인생의 어떤 순간에는 입에서 나오는 모든 말이 자기 운명에 대한 예언이 된다. 그날 나는 학생들에게 '자기 안의 어린 예술가를 구하라'라는 주제로 예정에도 없던 강연을 했다. (아마도, 그 무렵 감명깊게 읽은 줄리아 카메론의 『아티스트 웨이』에서 영향을 받았을 것이다.)

여러분의 내면에는 상처받기 쉬운 어린 예술가가 있다. 여러분의 가장 큰 실수는 그 어린 예술가를 데리고 예술학교에 들어온 것이다. 물론 이곳은 좋은 학교이고 훌륭한 선배 예술가들이 있다. 그러나 예술의 세계는 질투라는 에너지로 이루어진 성운이다. 여러분의 주위에 있는 친구나 선생들은 본래 선량한 사람들이지만 어쩔 수 없이, 자신도 모르게 여러분의 재능을 시기하고 있다. 그건 이 세계에선 아주 자연스런 일이다. 선생은 평가를 해야 하고 동료들도 당신 작품에 판단을 내려야 한다. 우리는 모두 불완전하며 새로운 예술을 알아볼 준비가 돼 있지 않다. 게다가 마음속 깊숙한 곳에 이곳을 박차고 나가 마음껏 자기 재능을 발휘하고픈 충동을 애써 억누르고 있는 중이다. 여기, 이 게토에 갇혀 있는 우리가 가장 두려워하는 것은 다른 누군가의 내면에 숨어 있던 어린 예술가가 신나게 붓을 휘두르는 것을 속수무책으로 바라보는 일이다. 따라서 주변 모든 예술가의 어떤 새롭고

참신한 시도에도 냉소적일 수밖에 없다. 아니 냉혹하다. 우리, 두꺼운 껍데기로 방어막을 둘러친 얼치기 애늙은이 평론가들은 여러분 내면의 어린 예술가를 노리고 있다. 사자가 치타 새끼를 물어죽이듯, 그 것은 그들 자신도 어쩔 수 없는 일이고 어쩌면 여러분 자신도 동료들에게 저지르고 있을지도 모르는 일이다. 그러나 이미 늦었다. 일단 여기 들어온 이상, 여러분의 임무는 여러분 내면의 어린 예술가가 상처받지 않도록, 그가 겹겹의 방어막으로 단단히 자신을 감싸 끝내는 아무것도 느낄 수 없는 정신적 불구가 되지 않도록 잘 아끼고 보호하여, 그를 학교 밖으로 무사히 데리고 나가는 것이다. 배움은 다음 문제다. 학교에서는 평생을 함께할, 평가와 비난이 아니라 격려와 사랑을 함께 나눌 예술적 동지를 구하라. 타인의 재능을 샘내지 말고 그것을 배우고 익혀 훗날 여러분 내면의 어린 예술가가 활동을 시작할 때, 양분으로 삼고 그 어린 예술가의 벗으로 키우라.

아마 이런 요지의 말이었을 것이다. 그런데 그후 가장 먼저 학교를 떠난 사람은 내 이야기를 들은 학생들이 아니라 바로 나 자신이었다. 나는 생각한다. 그리하여 나는 내 안의 어린 예술가와 혹시 내가 살해하고 있었을지도 모를, 학생들 내면의 어린 예술가들을 마침내 구해낸 것일까?

5

2007년 가을에 『퀴즈쇼』의 연재가 끝나고 책이 나왔다. 다섯번째 장편이었다. 오래전부터 나는 다섯 권의 번듯한 장편소설을 가진 작가가 되고 싶었다. 어느새 나는 그렇게 돼 있었다. 생각해보면 모든 게 '어느새' 그렇게 돼 있었다. 이런 '어느새'에는 어떤 값싼 자기도취가 있고 그 안에 오래 머물고 싶은 달콤한 유혹이 있다.

그 가을에 북미의 몇몇 도시들을 여행했다. 애틀랜타, 댈러스, 시애틀, 밴쿠버 같은 도시들을 돌며 낭독회를 하는 다소 힘든 일정이었다. 대학가의 게스트하우스나 모텔에서 맞는 새벽은 황량했다. 언젠가 스티븐 킹은 『리시 이야기』란 소설에서 이런 장면을 묘사한 적이 있다. 낯선 도시, 은퇴한 노인들만 앉아 있는 옹색한 서점, 입에 맞지 않는 음식, 그리고 무엇보다 참을 수 없는 그 무의미. 그러나 생소한 곳에서 영혼은 비로소 눈을 떠 침대에 누워 있는 자신을 내려다본다. 모텔의 침대에 누워 멀거니 눈을 뜨고, 어둡지도 밝지도 않은 희붐한 세상을 올려다보는 나는, 마치 유조선을 팔러 나온 조선업체의 세일즈맨 같았다. 침대 옆 사이드테이블에선 노트북컴퓨터가 충전중이었고 로밍된 휴대폰은 고층빌딩의 충돌방지등 같은 붉은 등을 반짝거리며 새로운 메시지가 도착했음을 알리고 있었다. 큼직한 서류가방, 옷걸이에 걸려 있는 멀끔한 양복.

'어느새' 나는 이런 인간이 되어 있었다. 모텔에서 그날의 일정을 가늠하며 눈을 뜨는, 노트북과 휴대폰의 배터리 잔량을 걱정하는, 서울의 은행에서 빠져나갈 자동이체 공과금들을 생각하는 그런 사람.

내 안의 어린 예술가는 어디로 갔는가? 아직 무사한 것일까?

6
—

2008년 3월, 밴쿠버의 브리티시컬럼비아대학으로 이메일을 보냈
다. 일 년 동안 머물며 소설도 쓰고 학생들과 한국문학에 대해 세미나
도 하겠으니 초청장을 보내달라는 내용이었다. 몇 주 후에 초청장이
왔다. 나는 덕수궁 뒤에 있는 캐나다 대사관에 가서 비자를 신청했다.
4월, 비자가 나왔다.

7
—

나는 오랫동안 정착민으로 살아왔다. 집으로는 매주 새로운 책이
배달되었다. 책은 집의 모든 구석을 빼곡히 채우며 공간을 먹어들어
왔다. 몇 점의 그림도 샀다. 그 자체로 아무것도 생산하지 않는, 무용
함 그 자체인 그림은 거실 벽에 걸린 채 나를 내려다보고 있었다. 벽
에 걸린 그림은 정주민의 상징 같았다. 메인 컴퓨터는 늘 덩치 큰 데
스크톱이었고 거기에 오디오와 스피커, 프린터, 스캐너 등이 물려 있
었다. 널찍한 책상에 주문제작한 원목 책꽂이, 정수기가 딸린 큼직한
냉장고가 있었다. 옷장에는 옷들이 가득차 있었고 찬장에는 각종 요

리재료와 소스 들이 있었다. 전형적인 정주민의 실내 풍경이라고 할 수 있었다.

떠나기로 마음먹은 후, 나는 천천히 집 안의 모든 것들을 정리하기 시작했다. 먼저 책들을 헌책방에 내다팔기로 했다. 책을 쓰는 직업을 가진 사람이 책을 팔자니 속이 쓰렸다. 그러나 언제까지 저 줄어들 줄은 모르고 오직 늘어나기만 하는 무시무시한 책들을 껴안고 살 수는 없었다. 우선은 지난 오 년간 한 번도 들춰보지 않은 책, 그리고 앞으로도 보지 않을 책들을 먼저 골라냈다. 읽었으나 아무 감흥도 받지 못한 책들도 그 위에 얹었다. 고대 그리스의 수사학 학교에서는 좋은 연설에 다음 세 가지가 필수적이라고 가르쳤다. 사람들을 감동시키든가 웃기든가, 아니면 유용한 정보를 줘라. 내 서가의 책들에도 그런 기준을 적용했다. 나를 감동시켰거나 즐겁게 해주었거나 아니면 필요한 정보를 갖고 있는 책들은 살아남았다. 그 세 가지 중에 단 하나도 만족시키지 못하는 책들은 다른 운명을 찾아 내 집을 떠났다(책을 헌책방으로 보낸 것은, 그래야 책이 가장 자신을 필요로 하는 사람을 찾아갈 수 있다고 믿기 때문이었다. 그런 면에서 나는 어느 정도는 시장의 효율성을 믿는 사람이라고 할 수 있다. 어디에서 듣기로, 도서관에 기증한 책은 어딘가에서 분류조차 되지 않은 채 먼지를 뒤집어쓰고 있을 가능성이 있지만 헌책방으로 간 책은 대부분 적당한 가치로 평가돼 주인을 찾아간다고 했다).

옷도 지난 몇 년간 한 번도 입지 않은 옷들을 가장 먼저 내보냈다.

지난 몇십 년간 이 세계의 가장 흥미로운 변화 중의 하나는 옷값이 싸진 것이다. 1960년대 갓 취업한 이십대의 젊은이는 첫 월급의 반 이상을 양복을 구입하는 데 썼다고 한다. 그러나 지금은 방직기술의 발전과 값싼 재료의 등장으로 옷값이 기록적인 수준으로 낮아졌다. 덕분에 옷장은 입지도 않는 옷들로 가득차게 되었다.

정착생활을 마무리하는 마지막 몇 주는 정말 정신이 하나도 없었다. 물건들을 정리하고 파는 틈틈이 이사 문제도 처리해야 했다. 대부분의 짐은 장기보관용 창고에 넣을 생각이었다. 견적을 내러 온 이삿짐센터의 직원은 지난 몇 주간의 내 노력도 무색하게 집을 둘러보자마자 이렇게 말했다. "이야, 잔짐이 꽤나 많군요. 5톤 트럭 한 대로는 안 되겠는데요."

은행에서 해야 할 일도 많았다. 나는 휴대폰요금, 아파트 관리비, 수도요금, 가스요금, 케이블TV 요금, 신문구독료, 인터넷요금의 자동이체를 해지하고 남은 요금을 정산했다. 그 밖에도 실로 무수한 것들이 주거래통장에 걸려 있었다. 은행 직원은 서식 한 장을 내밀더니 자동이체를 해지하고 싶은 거래 내역을 쓰라고 했다. 그걸 창구에서 일일이 쓰고 있자면 한 시간도 더 걸릴 것 같았다. 나는 종이 위에 이렇게 썼다. '전부 해지.' 그래도 채 사라지지 않는 거래들이 남아 한동안은 성가셨다.

생활에 필수적인 몇몇 물건들은 밴쿠버로 부쳐야 했다. 그것을 골라내는 일 역시 쉽지 않았다. 물건을 버릴 때는 스스로에게 이런 질문을 던졌다. 과연 이걸 다시 쓸 일이 있을까? 밴쿠버로 가져갈 물건을 고를 때는 좀 다르게 물었다. 이게 없으면 못 살까? 당연하게도 창고에 보관하는 비용보다 해외로 부치는 게 더 비쌌다. 그러므로 직접 가져가거나 부칠 짐은 엄격한 기준을 통과해야 했다. 몇십 권의 책과 옷가지, 신발과 안경, 앰프와 소형 스피커 등을 박스에 넣었다. 다 챙기고 보니 슈트케이스 두 개와 라면상자 네 개 정도의 분량이었다. 그게 나와 내 아내가 이탈리아에서 두 달, 밴쿠버에서 일 년 동안 지내는 데 필요한 최소한의 것이었다.

짐을 부친 후에는 비행기표를 구매하고 서울을 떠나기 전까지 임시로 머물 숙소를 예약하고 여행안내서를 구입했다.

그 몇 주 동안 나는 내게 질문을 던지며 달려드는 물건, 물건들에 질려버렸다. 저를 정말 버릴 건가요? 물건들이 화를 내며 나자빠졌다. 엄청난 물건들이 여기에서 저기로, 저기에서 여기로 움직였다. 나중에는 뭐가 남아 있고 뭐가 떠나갔는지도 기억할 수 없었다. 나는 소인국에 간 걸리버처럼 그 작은 물건들에 붙들려 꼼짝도 못하고 있었던 것이다. 평균적인 가정에는 수만 개가 넘는 물품들이 있다고 한다. 정주민의 삶을 버리고 어디론가 떠나려면 그 모든 물품에 일일이 가치를 매겨야 한다. 그리고 그 물건들은 하나같이 자신이 존재해야 할 이유를 당당히 가지고 있다. 그들은 모두 일종의 비자를 받고 나의 집으로 들어온 것이다. 그리고 그 모든 것들은 나라는 인간의 과거에 깊숙이 닻을 내리고 있었다. 추억과 사연을 가진 물건들이었고 그 돈으로 살 수 있었던 무언가를 희생하고 들인 것들이었다.

물건뿐이 아니었다. 각종 자질구레한 계약들이 알게 모르게 나를 이 세계에 붙들어놓고 있었다. 인터넷 연결을 해지하려고 전화를 하자 상담원이 키보드를 두들겨보더니 아직 약정기간이 남아 있다고 했다. "약정이요? 얼마나 돼 있는데요?" "삼 년 약정하셨는데요." 그녀는 차갑게 대꾸했다. 기간이 아직 석 달이 남아 있어 중도에 해지하려면 위약금 9만원을 물어야 한다는 말도 덧붙였다. 케이블TV도 마찬가지였다. 삼 년이라니! 요금을 조금 할인받는 대가로 나는 삼 년이라는 시간을 그들에게 담보로 제공한 것이었다. 마치 영원히 머물러 살 것처럼 말이다.

내 삶에 들러붙어 있던 이 모든 것들, 그러니까 물건, 약정, 계약, 자동이체, 그리고 이런저런 의무사항들을 털어내면서 나는 이제는 삶의 방식을 바꾸어야 한다는 것을 느꼈다. 나는 쓸데없는 것들을 정말이지 너무도 많이 가지고 있었으며 그것들로부터 도움을 받기는커녕 오히려 그것들을 위해 하루하루를 살아가고 있었다. 읽지 않는 책들, 보지 않은 DVD들, 듣지 않는 CD들이 너무 많았다. 인터넷서점에서 습관적으로 사들인 책들이 왜 자기를 읽어주지 않느냐고 일제히 나를 비난하고 있었다. 그런 비난이 두려워 우리는 후회의 순간을 미래로 이월해버린다. 나중에는 보겠지. 언젠가 들을 날이 있을 거야. 그러나 그런 날은 여간해서 오지 않는다. 새로운 물건들이 계속 도착하기 때문이다. 나는 한순간의 만족을 위해 사들인, '너무 오래 존재하는 것들'과 결별해야겠다고 결심했다. 사서 축적하는 삶이 아니라 모든 게 왔다가 그대로 가도록 하는 삶, 시냇물이 그러하듯 잠시 머물다 다시 제 길을 찾아 흘러가는 삶. 음악이, 영화가, 소설이, 내게로 와서 잠시 머물다 다시 떠나가는 삶. 어차피 모든 것을 기억하고 간직할 수는 없는 일이 아니냐.

아프리카의 어느 부족은 인간이라는 존재를 물질이 아니라 한 덩어리의 순수한 힘으로 보았다. 힘이 커지면 어른이 되고 힘이 완전히 사라지면 다시 자연의 일부로 돌아간다. 죽는 것이다. 힘은 좋은 공기와 물, 자연으로부터 영향을 받아 강해지고 반대의 경우 약해진다. 권력자는 사람들로부터 힘을 많이 받는 사람이고 또 그 힘을 잘 나누어 주는 사람이다. 그들에게 훌륭한 인간이란 많은 것을 소유한 자가 아니라 많은 것이 잘 지나가도록 자신을 열어두는 사람이다. 하나의 사상이 나라는 필터를 거쳐 한 권의 책이 되고 한 곡의 음악이 나라는 필터를 거쳐 아름다운 문장이 된다. 이럴 때 나의 힘은 더욱 순수하고 강해진다. 모든 것이 막힌 것 없이 흘러가며 그 과정에서 본래의 자신이 아닌 그 어떤 것을 생성하게 될 때, 인간은 성숙하고 더욱 위대한 존재가 되는 것이다.

내가 가진 그 수많은, 그러나 한 번 들춰보지도 않은 DVD들, 듣지 않은 CD들, 먼지 쌓인 책들. 도대체 왜 그렇게 많은 것들을 소유하려 애썼던 것일까? 그냥 영화는 개봉할 때 보고, 혹시라도 그때 못 보면 나중에 DVD를 빌려 볼 수 있었을 텐데, 책도 도서관에 가서 읽을 수도 있었을 텐데, 그렇게 모든 것이 막힘없이 흘러갔다면 내 삶은 좀더 가벼워질 수 있었을 텐데, 더 많은 것이 샘솟았을지도 모르는데, 라고 생각하게 된 것이다.

　이런 인생을 흘러가는 삶, 스트리밍 라이프Streaming Life라고 부를 수는 없을까?

이삿짐이 곤지암의 창고로 실려 떠나고 박스 몇 개를 밴쿠버로 미리 부치고 비행기가 뜰 때까지의 남은 며칠을 신촌의 장바닥 같은 숙소에서 장돌뱅이처럼 보낸 뒤에야 우리는 로마행 비행기에 오를 수 있었다. 집이 팔린 것은 5월 중순인데 밴쿠버는 8월 초에야 들어갈 수 있었다. 혹시나 안 팔리면 어쩌나 해서 일찍 내놓은 것인데 내놓자마자 팔려버린 것이다. "이제 두 달 반 동안 어디서 뭘 하지?" 아내가 물었다. 나는 말했다. "이탈리아에 가자." "이탈리아 어디?" "시칠리아, 시칠리아에 가는 거야." 아내가 눈을 동그랗게 뜨고 물었다. "왜 하필 시칠리아야?"

그 전해 겨울, 미국 여행에서 돌아온 직후에 한 다큐멘터리 PD에게서 연락을 받았다. EBS에서 새로운 여행 다큐멘터리를 만들려고

하는데 파일럿 프로그램을 찍으러 함께 가지 않겠냐는 것이었다. 어디를 가야 하는 거냐고 물으니, 그건 아직 결정돼 있지 않다고 했다. 우리는 이대 앞의 한 커피집에서 만났다. 그는 거칠게 들판에서 살아온 사람의 얼굴을 하고 있었다. 갈색으로 그을린 피부에 가는 주름들이 뺨을 가로질렀다.

처음에 그는 『검은 꽃』의 무대인 라틴아메리카가 어떻겠냐고 했다. 나는 이미 거기를 두 번이나 길게 다녀온데다 가는 길이 너무 멀고 험해 다시 가고 싶은 생각이 없다고 했다. "그럼 혹시 그동안 가고 싶었던 곳 없었어요?" PD가 물었다.

"시칠리아요." 마치 오래 준비해온 대답 같았다. 그 자리에 앉기 전까지는 나는 한 번도 시칠리아에 가겠다는 생각을 진지하게 해본 적이 없었다. 거긴 어쩐지 내가 영원히 갈 수 없는 곳, 그린란드나 남극 같은 곳이라 생각하고 있었다. 그런데도 내 입에서 나도 모르게 시칠리아라는 말이 튀어나온 것이다. 그때까지 내가 시칠리아에 대해 알고 있는 것은 아주 피상적인 것들뿐이었다. 그곳은 〈대부〉의 돈 코를레오네의 고향이고 〈시네마 천국〉의 토토가 어린시절을 보낸 곳이다. 척박하고 메마른 땅에 검은 옷을 입은 여자들이 살고 있으며 거친 사내들이 배를 타고 자기 운명을 개척하러 떠나는 곳이다. 팔레르모라는 도시에서 영화제가 열린다는 것, 평론가 김현이 90년대에 『시칠리아의 암소』라는 평론집을 냈다는 것 정도가 내가 그 섬에 대해 아는 전부였다.

메시나해협을 건너가는 페리 안. 기차가 잘려 들어와 있다.

"좋습니다. 그럼 시칠리아로 하지요. 다음주에 떠납시다. 비행기표를 예약하겠습니다. 배신하시면 안 됩니다." PD가 웃으며, 그러나 단호하게 말했다. 2007년 12월의 시칠리아 여행은 그렇게 결정되었다.

이런 여행이 근사할 것 같지만 막상 속을 들여다보면 빛 좋은 개살구인 경우가 많다. 우리나라 방송국의 제작현실은 열악하다. 제작기간은 짧고 일정은 즉흥적이며 제작비도 적다. NHK나 BBC가 육 개월 걸려 찍을 일도 우리나라 방송사들은 이 주 안에 찍는다고 한다. 그야말로 강행군이며 그들에게 필요한 것은 끈기가 아닌 순발력이다. PD도 나도, 시칠리아에 대해서는 아는 바가 거의 없었다.

국내에는 시칠리아를 소개한 여행안내서도 거의 나와 있질 않았다. 이탈리아 전체를 다룬 책의 일부가 시칠리아의 도시 몇 곳을 다루고 있을 뿐이었다. 밀라노 근처 크레모나에서 바이올린을 만드는 한국인이 코디네이터로 합류했지만 그 역시 이탈리아어를 한다는 것 말고는 우리보다 나은 게 별로 없었다. 그런데도 우리는 만난 지 열흘도 안 돼 벌써 로마행 비행기에 타고 있었다. "가서 부딪쳐보지요, 뭐." PD는 대수롭지 않게 말했고 함께 따라간 건장한 카메라맨도 걱정 같은 것은 하지 않는 눈치였다.

우리는 로마에서 1박을 하고 밤기차를 타고 시칠리아로 떠났다. 기차는 아말피해안을 따라 남쪽으로 달리다가 빌라산조반니라는 곳에서 페리에 올라타 메시나해협을 건넌다(이탈리아라는 장화의 구두코에 해당하는 부분이다). 기차가 그대로 배 위로 오르는 장면은 구약에 나오는 요나의 일화를 떠올리게 한다. 거대한 물고기를 닮은 페리가 입을 벌리고 뱀장어를 닮은 기차를 삼킨다. 고래 뱃속 같은 배 안에서 삼십 분 정도를 머문 기차는 해협을 건너 메시나에 도착하면 다시 뭍으로 올라 팔레르모를 향해 달린다.

우리는 메시나에서 내려 렌터카를 빌려 시라쿠사로 달렸다. 미리 허가를 받지 않은 촬영은 번번이 제지당했다. 시라쿠사의 그리스 원형극장에서는 경비원이 삼각대의 반입을 불허했고 다른 곳에서는 비디오촬영 자체를 막았다. 유럽의 겨울 해는 짧다. 조금만 지체하면 해가 떨어지고 촬영은 불가능해진다. 급박한 상황에서 PD와 카메라맨은 경비들과 숨바꼭질을 해가며 어떻게든 그림을 찍어낸다. 그런 상황에서 나 역시 역할을 해야 한다. 화면에 나오는 것은 나밖에 없으므로 그들이 준비되면 나는 주저없이 화면 안으로 걸어들어가야 한다.

준비가 부실했던 이 여행 다큐멘터리는 감히 '느린 다큐'를 표방하고 있었다. 내레이션이 깔리는 가운데 빠른 화면전환을 통해 시청자의 주의를 붙잡는 그간의 다큐들과 차별화하자는 것이다. 이 때문에 출연자에게는 약간의 연기력이 요구되었다. 호수 위의 백조처럼 나는 최대한 느긋하게, 미리 준비된 앵글 안으로 걸어들어가 그리스 원형극장의 계단에 앉아 이어폰으로 음악을 들으며 지중해를 바라보아야 한다. 경비원의 눈을 피해 설치한 카메라는 멀리서 망원렌즈로 내 동선을 좇는다. 그러나 우리는 끝내 발각되고 이내 쫓겨나고 만다. 그럼 다른 곳으로 이동한다. 짧은 겨울 해가 남아 있는 동안, 이런저런

로마 원형극장

산타마리아 축제

제지를 피해 급박하게 촬영되는 이 '느린 다큐'의 제작팀에게는 마음의 여유가 없다. 시칠리아에 상륙한 첫날, 우리는 점심도 거른 채(새벽에 기차역에서 크루아상처럼 생긴 코르네토 한 개와 커피를 먹은 게 고작이었다), 시라쿠사의 원형극장과 원형경기장에서 그림을 만들고 시내로 이동해 숙소를 잡고 산타마리아 축제의 행렬에 참가해 해가 질 때까지 그것을 따라다녔으며, 해가 진 후에는 촛불행렬을 쫓아야만 했다. 그후에는 크레모나에서 온 코디네이터의 친구가 산다는 시골집을 찾아가야만 했는데, 왜냐하면 거기에서 시칠리아 가정식을 대접받는 장면이 꼭 필요했기 때문이었다. 시라쿠사 근처에 사는 코디네이터의 친구는 함께 바이올린 제작을 공부했던 시칠리아 토박이로, 이제는 다시 고향으로 돌아와 형의 일을 돕고 있었다.

우리는 부실한 이탈리아어 내비게이션 시스템의 도움을 받아 몬테로사라는 그 산골을 찾아가야만 했다. 그런데 이 바보는 언제나 산사태로 길이 사라진 막다른 비포장도로로 우리를 안내하곤 했다. 밤 열시가 넘도록 코디네이터의 친구와 절망적인 휴대폰 통화를 하면서 믿을 수 없는 내비게이션 시스템의 조언을 들어가며 주린 배를 움켜쥔 채 비까지 추적추적 뿌리는 시칠리아의 산길을 헤맸던 것이다. 결국 우리는 그 동네 찾기를 포기하고 한곳에 머물러 몬테로사의 용감한 형제들이 우리를 구조하러 오기를 기다릴 수밖에 없었다.

형제들의 집에서 대접받은 라비올리와 라자냐는 대단히 훌륭했지만 그렇다고 이틀간 쌓인 피로가 한꺼번에 풀릴 리는 없었다. 우리는 지난밤 기차를 타고 로마에서 시칠리아까지 왔고 해가 남아 있는 동안에는 줄곧 숨바꼭질 촬영을 했으며 해가 진 뒤에는 축제의 물결에 휩쓸려다니고 저녁 한 끼를 먹기 위해 비가 추적추적 내리는 산길을 밤늦도록 헤맸던 것이다. 게다가 아직 시차적응도 안 끝난 터라 오후의 일정은 소화하기가 더욱 힘겨웠다. 물론 매일매일이 이렇게까지 고된 것은 아니었지만 적어도 꽃놀이는 아니었던 것이다.

그후로 나는 매일 밤 일곱시면 저녁도 마다하고 잠자리에 들었다. 그때까지 나는 방송 프로듀서나 카메라맨도 나와 같은 일종의 예술가라고 생각하고 있었는데 막상 겪어보니 그들은 예술가라기보다 군인에 가까웠다. 밤늦도록 일하고도 새벽이면 벌떡 일어나 카메라와 삼각대를 지고 밖으로 나갔다. 아그리젠토의 신전 위로 떠오르는 해를 찍고 그 위로 흘러가는 구름떼를 찍었다.

아무리 시칠리아라도 12월의 새벽은 추웠다. 카메라맨은 홑겹의 윈드브레이커 하나로 묵묵히 새벽 추위를 견디며 뷰파인더를 노려보았다. '느린 다큐'를 표방하는 프로그램이었기 때문에 오랜 촬영이 필요했다. 몇 시간 동안 타임랩스로 찍은 화면을 삼 초에 보여주는 것, 이것이 바로 '느린 다큐'의 정체였고 우리가 이런 영상을 TV에서 자주 보지 못하는 이유였다. 카메라를 몇 시간 동안 고정해놓으면 도리아식 신전 위로는 구름이 흘러가고 해가 뜨고 하늘색이 변한다. 이걸 빨리 돌리면 구름들이 마치 폭격기들처럼 편대를 이루어 날아오는 것처럼 보인다. 카메라맨과 프로듀서는 아무 불평 없이 이런 화면들을 찍었다. 이십 년 가까이 함께 일해온 사이라더니, 눈빛만 봐도 손발이 척척이었다. 나약한 소설가가 이불 속에서 끙끙대는 동안 그들은 자외선 차단 크림을 바르고 벌판으로 나가 찬바람을 맞으며 촬영을 했다.

이상하게도 그림이 잘 나오는 곳은 하나같이 춥고 바람이 많이 불었다. 이를테면 바위산 꼭대기의 옛 성터라든지 신전이 서 있는 언덕 같은 곳이었는데, 여행 다큐멘터리의 출연자는 언제나 그런 곳에 앉아 생각에 잠겨 메모를 하거나 천천히 거닐어야만 했다. 춥다고 오두방정을 떨어서는 곤란하므로 나는 태연한 표정으로 무너진 신전의 기둥 사이에서 걸어나와 천천히 카메라의 앵글 밖으로 걸어나가야 했다. 그리고 대부분의 경우, 그런 촬영은 한 번에 끝나지 않았다. 그러는 중간중간에 PD는 마이크를 들이대고 "보시니까 어떠세요?" 같은 질문을 던져왔고, 그때마다 나는 진땀을 흘리며 내가 시칠리아에 대해 알고 있는 빈약한 지식을 떠들어댔다.

그러나 이 모든 고생에도 불구하고 어느새 나는 시칠리아를 좋아하게 되었다. 시칠리아에 불과 일주일 남짓 있었을 뿐이고 대부분의 지역을 주마간산식으로 주파하였으며 시칠리아 주민들과 인간적인 관계를 맺을 기회가 전혀 없었음에도 나는 그곳이 마음에 들었다. 그것은 참으로 이상한 일이었다. 왜였을까? 시칠리아에는 내가 상상하던 시칠리아 대신 다른 어떤 것이 있는 것 같았다. 그게 도대체 뭘까? 내 마음을 이토록 잡아끄는 그것은 무엇일까? 시칠리아에서, 그리고 그곳을 떠나와서도 나는 가끔 그것을 생각했다. 그러던 어느 날, 시칠리아에서 찍어온 화면들이 방영되는 텔레비전을 보다가 나는 문득 깨닫게 되었다. 거기에 무엇이 있었는지를. 시칠리아에는 내가 어렸을 때부터 혼자 상상해오던 이탈리아가 있었다. 따사로운 햇볕과 사이프러스 그리고 유쾌하고 친절한 사내들, 거대한 유적들과 그 사이를 돌아다니는 주인 없는 개들, 파랗고 잔잔한 지중해와 그것을 굽어보는 언덕 위의 올리브나무, 싸고 신선한 와인과 맛있는 파스타, 검은 머리의 여성들과 느긋하고 여유로운 삶…… 예전에 나는 로마와 피렌체, 베네치아를 여행한 적이 있지만 어디에서도 이런 것들을 발견하지 못했다. 몰려드는 관광객들, 장사치들, 약삭빠른 도시인들과 척박한 삶, 테마파크를 닮은 번드르르한 대리석 건물들만 보았던 것이다. 내가 꿈꾸던 이탈리아는 도대체 어디에 있는가? 그것은 그저 영화나 관광엽서, 여행사의 팸플릿이 만들어낸 환상에 불과하단 말인가?

아니, 그것들은 모두 시칠리아에 있었다. 나는 다큐멘터리 제작팀과 함께 팔레르모공항을 떠난 지 불과 다섯 달 만에 아내와 함께 다시 그 섬으로 걸어들어오고 있었다.

메시나해협을 건너는 페리 위

◀ 소프레소,
에스프레소

다시 오는 길이 순탄했던 것은 아니다. 메시나는 이탈리아반도로 통하는 시칠리아의 관문이라고 할 수 있는데, 전에도 말했듯 기차가 페리에 얹혀 들어오는 항구이기도 하다. 따라서 이탈리아 본토에서 시칠리아로 들어오자면 우선 기차가 있어야 하고 그 기차를 실어나를 페리가 있어야 하고 다시 그것을 내려 육지의 선로로 연결해줄 노동자들이 있어야 한다. 평소에는 이 모든 것들이 착착 진행되기 때문에 우리는 가만히 객실에 앉아 있기만 하면 된다. 기차가 물속으로 가는지 공중으로 날아가는지 알 필요가 없는 것이다.

아내와 나는 로마에서 다소 힘든 나흘을 보냈다. 도착한 후 사흘은 내내 비가 뿌렸다. 나는 로마가 세번째였지만 아내는 처음이었다. 아내에게 로마를 구경시켜주겠다며 아침마다 손목을 잡아끌고 호텔을 나섰지만 매일 낭패의 연속이었다. 로마는 미로 같은 좁은 골목과 그

것들이 감아올라가는 언덕, 그리고 난데없이 나타나는 광장으로 이뤄진 도시라고 할 수 있다. 따라서 로마 같은 도시에서 비를 만나면 여행자는 길을 잃기 십상이다. 골목들은 모두 엇비슷하며 지도를 보기도 힘들다. 포로로마노나 트레비분수 같은 건축물들은 맑은 날 쨍한 햇볕 아래에서 봐야 제격이다. 한마디로 비 내리는 로마는 맑은 날의 로마와 완전히 다른 도시다.

"우기 아니야?"

아내가 의심스런 얼굴로 나를 보며 물었다. 나는 여행안내서의 기후편을 펼쳐 보였다.

"지중해성기후는 여름에는 고온건조하며 겨울에는 저온다습하다고 돼 있는데. 그리고 5월의 강수량은 거의 없다시피 한데?"

"그럼 왜 이렇게 매일 비가 내리지?"

"로마에 비가 내리는 게 내 책임은 아니잖아?"

시차적응도 안 된데다 비까지 맞으며 돌아다니며 툭하면 길을 잃는 바람에 우리의 신경은 날카로워져 있었다. 게다가 출국 직전에 갑자기 원화가치가 폭락하면서 환율이 1유로당 1700원에 육박하는 상태라 뭐 하나 사 먹을 때마다 겁이 날 지경이었다. 관광지에서 사 먹는 0.5리터짜리 생수 한 병에 2유로, 그러니까 3400원이었으니 그럴만도 했다. 우리는 오후 네시면 호텔로 돌아와 잠을 잤고 새벽 네시면 잠에서 깨 아침식사 시간이 되기를 기다렸다.

비도 피할 겸, 미켈란젤로의 천장화도 볼 겸해서 찾아간 시스티나대성당은 발 디딜 틈도 없었다. 우리와 똑같은 생각을 한 관광객들이 로마 전역에서 몰려든 것 같았다. 세상의 그 어떤 흥행영화도 미켈란젤로의 〈천지창조〉보다 대박일 수는 없을 것이었다. 관광객들이 미켈란젤로만 보고 나갈 것을 염려한 바티칸 당국의 섬세한 배려 덕분에 〈천지창조〉가 그려진 시스티나성당은 바티칸미술관의 거의 모든 작품을 다 본 뒤에야 볼 수 있었다. 깃발을 치켜든 단체관광객들은 바벨탑이 이미 무너졌다는 것을 입증하기라도 하려는 듯 다양한 언어로 떠들며 한 발 한 발, 창조주를 향해 거만하게 손을 내민 아담을 향해 전진했다. 내가 듣고 식별한 언어만 해도 아홉 종은 넘었다. 중국어, 일본어, 한국어, 영어, 독일어, 프랑스어, 이탈리아어, 러시아어, 스페인어 등등의 언어가 이민족의 정수리와 관광가이드의 깃발을 넘어 그 언어를 알아듣는 상대에게 전달되었다.

시스티나예배당에 들어설 무렵에는 허리나 무릎이 부실한 관람객들은 거의 그 자리에 주저앉고 싶었을 것이다. 사실 천장화는 누워서 보면 좋은 그림이다. 미켈란젤로 역시 삼 년 가까이 누워서 그 프레스코화를 그리지 않았던가. 예술가의 의도를 잘 헤아리는 관람객이 이전에도 많았던지, 바티칸 당국은 곳곳에 '누워 있지 마시오'라고 해석되는 그림안내판을 세워놓았다. 두 손을 등뒤로 받치고 비스듬히 누워 하늘을 바라보는 인물상 위에 가차없이 사선을 그어 금지의 표시를 해놓은 냉정한 표지판이었다. 그런데 묘하게도 그 표지판은 오만하게 누워 하늘에서 천사들과 함께 다가오는 신을 향해 제 왼손을 뻗어올리는 〈천지창조〉 속의 아담을 연상시켰다. 그래서 나는 그 표지판이 피로에 지친 관람객이 바닥에 누워버리는 것을 막기 위한 것이 아니라 누워서 아담의 포즈를 흉내내려는 수학여행단의 남학생들을 막기 위한 것이 아닐까 생각하게 되었다. 이렇든 저렇든 제비새끼들처럼 머리를 쳐들고 쉴새없이 몰려드는 관람객들 때문에 감히 누워서 뭘 해보려는 용감한 사람은 아무도 없었다. 그랬다가는 거구의 게르만족이 신은 샌들에 얼굴을 밟히고 말 것이었다. 그런 일도 없지는 않았던 듯, 바티칸 당국은 이번에도 '발밑을 조심하라!'는 안내문을 붙여놓았다.

로마에서의 그런 나흘을 보내면서도 우리는 희망을 잃지 않았다. TV의 일기예보를 보니 이탈리아 전역에 비가 내리는 가운데에서도 시칠리아만큼은 내내 화창한 날이 계속되고 있었다. 우리는 로마에 도착하자마자 테르미니역에서 메시나로 떠나는 간이침대칸 열차를 예약해둔 상태였다. 그 기차를 타고 시칠리아에 발을 디디는 순간, 척척하게 감겨드는 이 기분 나쁜 습기와는 이별일 것이었다.

시칠리아로 떠나는 날 저녁, 우리는 호텔에 맡겨둔 짐을 찾아 테르미니역으로 향했다. 저녁 아홉시경에 떠나 다음날 새벽 여섯시에 도착하는 기차였다. 그런데 출발시간이 다 되어가는데도 출발안내판에 플랫폼 번호가 뜨질 않았다. 대신 행선지 옆에 'Soppresso'라고만 쓰여 있었다.

"저게 뭐야? 소프레소?"

아내가 물었다. 나는 자신 있게 대답했다.

"특급열차란 뜻이야."

"확실해?"

"에스프레소와 어원이 같은 거야."

그런데 그 특급열차는 아무리 기다려도 플랫폼에 도착하지 않았다.

"지난번에도 기차가 삼십 분이나 연착했어. 여기는 그런 일이 다반사야. 조금만 기다려보자."

"그런데 아무 안내도 없잖아. 이상하지 않아?"

마침내 출발시간이 다 되어 역무원에게 다가가 물어보니 그는 어깨를 으쓱하며 고개를 저었다.

"그 기차는 취소됐어요 Your train is canceled."

"네? 언제요? 왜요?"

"파업이에요. 자세한 건 잘 모르겠어요. 파업이라는 것밖에는."

나는 시계를 보았다. 어느새 기차의 예정된 출발시각은 지나 있었다. 아래 매표소에 내려가 환불을 받는다 해도 어디 가서 이 밤을 보낸단 말인가. 다시 이 짐을 끌고 호텔을 잡고 거기서 하루를 묵은 후에 비싼 물을 사 먹으며 로마 여기저기를 헤매다 밤이 되어 다시 시칠리아로 출발하라는 건가?

나는 매표소로 내려가 일단 환불을 받았다. 이런저런 수단으로 새치기를 하는 사람들 때문에 거의 한 시간이나 걸려 예약비를 돌려받

왔다. 이젠 어떡하지? 나는 기차시간표를 보며 생각에 잠겼다. 아내는 분기탱천하여 이탈리아 철도시스템 전체를 비난하고 있었다. "아니, 취소됐다고 영어로 한마디 써주면 어디가 덧나는 거야? 관광객이 일 년에 천만 명이 온다는 도시에서 그 정도도 못 해주는 거야? 사람을 이 시간까지 기다리게 해놓고 취소됐다고 달랑 환불만 해주면 끝나는 거야? 미안하다는 말 한마디 없잖아?" 나는 아내를 달랬다.

"일단 밀라노로 올라가자. 보니까 밀라노까지 가는 밤차가 있어. 열한시에 떠나서 아침 일곱시에 도착하는 거야. 밀라노 구경도 할 겸, 잠자리 해결할 겸, 쿠셋(간이침대)에서 자면서 가는 거야."

별 뾰족한 수도 없었다. 나는 다시 매표소로 가 줄을 섰다. 줄은 아까보다 더 길어져 있었고 새치기는 더 심해졌다. 마침내 출발시간 오분 전에야 겨우 표를 끊을 수 있었다. 우리는 짐을 들고 다시 1층으로 올라가 플랫폼까지 달렸다. 헐레벌떡 차장을 찾아 표를 전하고 짐을 실었다. 그러나 웬일인지 기차는 열한시 반이 다 되도록 떠나지 않았다. 괜히 허둥댄 것이었다. 이탈리아의 기차들은 시간표에 따라 가는 것이 아니라 스스로 가고 싶을 때 가는 것이었다. 기차는 예정시각을 사십 분이나 넘기고서야 천천히 무거운 몸을 이끌고 밀라노를 향해 출발했다.

우리와 한방에서 자게 된 사십대 중반의 이탈리아 남자는 침대칸 문을 잠그는 것의 중요성에 대해 이탈리아어로 한참을 떠들어댔다. 혹시 화장실에 갈 때를 대비해 암호를 정하자는 말만 겨우 알아들었는데 암호랍시고 그가 제시한 것은 휘파람이었다. 아내는 휘파람을 전혀 못 불기 때문에 나는 여섯 번의 노크로 바꾸자고 제안했다. 그는 마지못해 수긍했지만 못 미더워하는 눈치였다. 그는 이탈리아어로 무언가를 계속 말했는데 우리가 알아들은 거라고는 그가 모는 차가 대우 마티즈이며 그 차가 아주 마음에 든다는 것뿐이었다. 나는 다섯 번쯤, 우리는 이탈리아어를 전혀 못 한다고 말했지만 그는 개의치 않고 계속 이탈리아어로만 떠들어댔다. 그의 수다는 우리 방에 한 명의 멀끔한 이탈리아 청년이 들어오면서 끝났다.

다음날 아침 밀라노역에 도착하자마자 시칠리아행 기차를 예약했다. 지난밤에 고생한 아내에게 미안하기도 해서 이번에는 2인용 침대칸을 예약했다. 4인용보다 약 두 배쯤 비쌌지만 그냥 쓰기로 했다. 우리는 사람 좋아 보이는 아주머니 역무원에게 지난밤 로마에서 겪은 일을 얘기했다.

"어제도 메시나로 가려고 했는데 갑자기 취소된 거예요. 그래서 오늘 다시 가는 건데요, 오늘은 확실히 가는 거지요?"

"확실합니다No doubt."

"파업은 해결됐나요?"

그녀는 대답 대신 어깨만 으쓱 추켜올렸다. 그 제스처는 '파업한 건 내가 아니잖아?'로 해석될 수도 있었고 '글쎄, 그걸 누가 아나?'로 해석될 수도 있었고, '뭐, 별일 있겠어요? 걱정 마세요'로 해석될 수도 있었다. 불안한 마음에 다시 한번 확인을 하자("오늘 기차는 정말 가는 거지요?") 그녀는 다시 한번 사람 좋은 얼굴로 미소를 지으며 "의심의 여지 없이 No doubt"라고 말해 우리를 안심시켰다. 나는 그녀가 끊어준 예약권을 살펴보았다. 기차는 오후 네시경에 밀라노역을 출발해 다음날 오전 여덟시에 메시나역에 도착하는 여정이었다. 좀 길긴 했지만 어차피 밀라노에서 할 것도 별로 없었던 터였다. 2인용 침대차에서 책이나 읽으며 가면 되겠지.

표를 예매한 우리는 꾀죄죄한 모습으로 패션의 도시 밀라노 관광에 나섰다. 짐은 기차역에 맡기고 밀라노 관광의 중심이라는 두오모로 향했다. 과연 고딕 첨탑들이 줄줄이 늘어선 두오모는 굉장했다. 그뿐만 아니라 두오모 주변의 패션 거리도 근사했다. 나 역시 밀라노는 이번이 처음이었다. 예기치 않았던 파업 덕분에 우리는 두오모의 멋진 지붕 위를 걸어다닐 수 있었다.

지붕 산책이 시들해질 무렵 두오모 근처의 카페로 옮겨 시간을 보내다 역으로 향했다. 출발안내판을 올려다보았다. 우리가 타야 할 기차에는 이번에도 플랫폼 번호가 할당돼 있지 않았다. 설마, 이번에도 그럴 리는 없겠지. 우리는 참을성을 가지고 기다렸다. 노력을 하면 보답을 받을지도 모른다는 미신적 기대 때문이었을까? 나는 기차에서 먹을 빵과 맥주, 과자를 샀다. 식당칸이 없을 가능성이 있기 때문이었다. 무거운 짐과 카메라 가방, 노트북 가방에 먹을 것까지 주렁주렁 들고 우리는 팔레르모행 기차가 플랫폼에 들어오기를 기다렸다.

잠시 후, 우리가 타야 할 기차 이름 옆으로 또다시 'Soppresso'

라는 글자가 떴다. 예감이 불길했다. 나는 플랫폼에 서 있는 역무원에게 다가가 물었다. 팔레르모행 기차는 어떻게 됐나요? 그는 고개를 가로저었다. 그 기차는 취소됐다는 것이다. 그러면서 출발안내판을 가리켰다. "일 트레노 에 소프레소 Il treno é soppresso." 그제야 나는 'Soppresso'라는 단어가 기차의 빠르기를 가리키는 말이 아니라 '취소'를 의미하는 이탈리아어라는 것을 알게 되었다. 아, 또다시 하루를 이 몰골로 기차역에서 비둘기똥 세례를 받으며 지내야 한단 말인가?

그 사람을 붙잡고 따져봐야 별 소용이 없을 것 같아 나는 다시 매표소로 내려갔다. '의심의 여지 없이' 기차는 떠난다고 자신 있게 말하던 직원을 찾기 위해서였다. 그러나 그녀는 근무시간이 끝났는지 이미 보이지 않았다.

나는 줄을 서서 차례를 기다렸다. 한참을 기다린 끝에 콧수염을 멋지게 기른 남자 앞에 서게 되었다. 나는 애써 분을 참으며 지난밤 로마와 오늘 밀라노에서 잇따라 벌어진 이 황당한 사태를 설명했다. 아내는 이미 옆에서 불을 뿜고 있었다. 그러나 흥분한 것은 우리뿐, 콧수염은 어깨만 으쓱할 뿐이었다. 뭘 그런 것 가지고 그러느냐는 투였다. 내일 다시 와보라. 아마 내일은 기차가 시칠리아로 갈지도 모르겠다. 파업이긴 하지만 모든 기차가 안 가는 것은 아니라는 것이다. 하지만 어떤 기차가 가고 어떤 기차가 안 가고는 지금으로서는 알 수 없다는 것이다. 그리고 환불은 여기가 아니라 반대편에 있는 다른 사무실에서 처리하니 거기로 가라고 손가락으로 가리켰다.

나는 "왜, 도대체 왜?"라고 격렬히 항의하는 아내를 달래며 역무원에게 절박하게 물었다. 정말 시칠리아로 가는 방법이 전혀 없느냐고. 그는, 방법이 있기는 하지만 별로 권하고 싶지 않다고 했다. 이탈리아반도의 끝인 빌라산조반니역까지 가는 기차가 있다고 했다. 밀라노에서부터 열네 시간을 의자에 앉아서 가야 하는 여정이라고 했다. 그러고는 기차에서 내려 짐을 끌고 페리를 타면 그 페리가 우리를 바다 건너 메시나항으로 데려다줄 거라고 했다. "그건 정말 확실한 거죠?" 우리가 재차 묻자 그는 큰소리로 화를 내며 종이에다 큼직하게 '30mt'라고 썼다. 기차에서 내려 30미터만 걸어가면 된다는 뜻이었다. 우리가 궁금했던 것은 기차에서 페리까지의 거리가 아니라 빌라산조반니까지 가는 기차가 정말 확실히 출발하느냐는 것이었지만 그런 정밀한 의사소통은 거의 불가능에 가까웠다. 아내는 옆에서 "믿을 수 없다"며 어서 이탈리아를 벗어나 북쪽으로 올라가자, 아무 나라로 가버리자며 흥분하고 있었다. 이런 말도 안 되는 시스템이 어디 있느냐, 기차가 왜 기차냐, 정시에 출발하고 언제든지 가니까 느려도 기차를 타는 것 아니냐며 분통을 터뜨리고 있었다. 그것은 맞는 말이었지만 그렇다고 지금 와서 뮌헨이나 파리행 기차표를 끊을 수는 없었다. 우리에겐 열 번을 사용할 수 있는, 아니 사용해야 하는 이탈리아 패스가 있었고 아직 한 번밖에 써먹지 못한 상태였다.

우리는 모든 것을 체념하고 저녁 일곱시 사십오분에 출발해 다음 날 오전 열한시 반에 빌라산조반니에 도착한다는 열차를 예약했다.

"그래도 1등석은 넓고 편하니까 사람만 없다면 누워서 잠도 좀 자면서 갈 수 있을 거야."

아내에게 장담했지만 믿지 않는 눈치였다. 그러나 이번에는 다행히 기차가 정시에 밀라노역에 도착해 있었다. 우리는 기차로 다가갔다. 우리 좌석은 10호차의 41, 42번이었는데, 아무리 살펴봐도 10호차는 2등석이었다. 1등석은 바로 옆이었는데 그것은 11호차였다. 차장에게 표를 보여주자 차장은 10호차로 가라고 손가락으로 가리켰다. 우리는 분명히 1등석으로 예약을 했다고 항의하자 그제야 자기는 영어를 못한다며 도망가버렸다. 다른 차장에게 가서 똑같은 항의를 하자 그는 그냥 1등석에 타라는 제스처를 취하더니 역시 영어를 못한다며 꽁무니를 뺐다. 마지막으로 만난 차장은 선심 쓰듯 어차피 1등석에 자리가 많이 비어 있으니 그냥 거기 타라고 말했다. 그럼 우리 예약비는? 타지도 않을 2등석의 예약비는 어쩌라는 거냐고 묻자 나중에 환불을 받으라고 했다. 그러나 기차는 출발 직전이었고 환불은 메시나역에나 가서 받을 수 있을 것인데, 거기서 이 모든 상황을 설명하고 6유로를 받아낼 수 있을 것 같지가 않았다. 그냥 가자. 우리는 모든 것을 체념한 채 짐을 끌고 객차에 올랐다.

우리가 자리를 잡은 객실에는 이슬라마바드 출신의 파키스탄 남자와 그의 여자친구가 먼저 자리를 잡고 있었다. 아마도 그녀의 고향으로 함께 여행을 가는 것 같았다. 여자친구는 등과 어깨, 배 등을 전갈과 꽃, 그 밖의 알 수 없는 문양으로 문신한, 나름의 미적 감각과 의

지가 탁월한 사람이었는데, 툭하면 남자친구 무릎에 앉아 키스를 퍼부어대곤 했다. 아내와 나는 마주 앉아서 동양의 신비와 침묵으로 무장한 채 '그래도 기차가 가는 게 어디냐'는 심정으로 견뎠다. 기차가 남쪽으로 달린 지 얼마 지나지 않아 십대 소녀인 딸과 함께 먹을 것을 잔뜩 짊어진 이탈리아 아주머니가 우리 객실로 비집고 들어왔다. 여섯 명 정원인 객실이 드디어 만석이 되었다.

"이 사람들이 설마 거기까지 가겠어? 로마에서 다 내릴 거야."

아내는 이번에도 믿지 않는 눈치였다. 다양한 연령대와 민족으로 구성된 6인용 객실에선 어떤 대화도 길게 이어지지 않았다. 어색한 분위기를 깨기 위해 로마와 밀라노역에서 '취소 Soppresso'를 '특급 Espresso'으로 착각해 기차 출발시간이 다 될 때까지도 차분히 플랫폼 번호가 부여되기를 기다렸다는 경험담을 풀어놓았다. 이탈리아어 단어와 영어 단어를 섞어 만든 기이한 문장이었는데, 참으로 신기하게도 남이 바보가 된 이야기는 웬일인지 다들 잘도 알아듣고는 요란하게 웃어댔다. 특히 이탈리아 아주머니가 아주 즐거워했다. 그러나 그 뒤로는 다시 침묵이 이어졌다. 아내의 예상대로 이들은 우리가 빌라산조반니역에 내리기 직전까지 우리와 함께하다가 거의 마지막 순간에야 기차에서 내렸다. 밀라노를 떠난 지 열네 시간 만이었다.

우리는 메시나해협에 면한 빌라산조반니역에 내렸다. 30미터만 가면 된다는 밀라노의 콧수염 역무원의 말은, 당연하게도, 허풍이었다. 기차 한 량의 길이만 해도 30미터가 넘었다. 우리는 몇백 미터의 거친 길을 짐을 끌고 이동했다. 그리고 하필이면 에스컬레이터도 고 장이었다. 우리는 긴급철수를 명령받은 피난민들처럼 철로를 넘어 짐을 끌고 열차 전용 페리로 향했다. 본래 객실에 탄 채로 이동해야 할 길이었기 때문에 걸어서 가는 길은 순탄하지 않았다. 철로는 자갈 밭에 놓는다. 이 자갈밭은 바퀴 달린 슈트케이스를 끌고 이동하기에 용이한 지역이 아니다. 때로 바퀴는 문명의 이기가 아니라 그저 걸림 돌이었다.

우리를 이렇게 고생시킨 파업의 주체가 누구인지를 우리는 이 메 시나해협에 다다라서야 비로소 알게 되었다. 빌라산조반니에서 기 차를 페리에 실었다가 메시나에서 내려주는 바로 그 구간에서 파업 이 발생한 것이었다. 반도와 섬을 연결하는 관절 부분이 마비된 셈이 다. 우리는 짐을 끌고 페리에 올라 기차가 없는 빈 철로 부근에 자리 를 잡고 배가 메시나해협을 건너기를 기다렸다. 사람들은 유순히 페 리를 타고 해협을 건넌 뒤, 다시 철로 위로 슈트케이스를 끌고 걸어가 시칠리아 각 도시로 떠나는 기차에 올랐다.

그러나 이렇게 고생스럽게 해협을 건너는 것에도 일말의 장점은 있었다. 시칠리아가 바다 건너 섬이라는 것을 확실하고도 분명하게, 그것도 몸으로 알게 된 것이었다. 지난겨울, 침대차에 실려 덜컹거 리며 해협을 건널 때에는, 시칠리아가 섬은 섬이로되 섬 아닌 어떤 것처럼 느껴졌지만 이렇게 몸소 짐을 끌고 페리에 올라 해협을 건 너고 있노라니 시칠리아가 섬이라는 것, 시칠리아 사람들이 왜 바다

너머 장화 모양의 땅을 일컬어 '이탈리아'라고 굳이 구분 지어 부르
는지를 알게 되었다. 해협은 엄연히 해협이었고 그것을 건너는 것에
는 일정한 물리적 절차가 필요했다. 신화 속의 거인들처럼 경중 뛰
어넘을 수 있는 거리가 아니었다. 그제야, 어쩌면 지중해의 파도가
높아지는 겨울이면 시칠리아행 기차는 수시로 '취소Soppresso'되겠구
나 하는 생각이 떠올랐다. 지난겨울의 우리는 그저 운이 좋았던 것일
지도 몰랐다.

아그리젠토나 팔레르모로 가는 승객들이 플랫폼으로 걸어가고 있
었다. 우리는 메시나에서 배를 타고 리파리라는 섬으로 이동할 예정
이었으므로 기차에 다시 오르는 대신 메시나역의 안내센터에 가서
물었다.

"리파리행 배가 하루에 두 번 있다던데, 그게 몇시인가요?"

로마에서 우리를 물 먹인 역무원의 동생이 아닌가 싶을 정도로 거
의 흡사한 얼굴의 중년여성 역무원은 고개를 단호하게 가로저으며
메시나에선 리파리로 뜨는 배가 없으며 밀라초라는 도시까지 기차로
간 뒤에 거기에서 배를 타야 한다고 했다. 나는 이제 이탈리아 철도
의 역무원들을 전혀 신뢰하지 않기로 결심했기 때문에 그냥 미소를
지으며 고맙다고 말하고는 밖으로 나와 공중전화로 여행안내서에 나
온 쾌속선 회사로 직접 전화를 걸었다. 한참의 난해한 의사소통의 결
과 오후 한시 반에 리파리로 떠나는 배가 있다는 반가운 소식을 전해
들었다. 부두는 역으로부터 불과 1킬로미터밖에 떨어져 있지 않았다.

그 짧은 거리에 15유로를 받겠다는 택시기사와 지난한 흥정을 벌여 3유로를 깎은 뒤 짐을 싣고 부두로 갔다. 물위에 떠서 쾌속으로 달린 다는 수중익선이 우리를 기다리고 있었다.

과연 여기가 G8, 이른바 선진 8개국 정상회담에 매년 참석한다는 그 선진국 이탈리아가 맞는 걸까? 우리는 서로의 얼굴을 쳐다보며 고개를 저었다. 얼굴이 바닷바람과 햇볕으로 그을린 선원들, 팔뚝에 문신을 새긴 붉은 얼굴의 백인 서퍼들, 배가 나온 엄숙한 독일 관광객들과 함께 리파리행 배에 올랐다. 동양인은 우리밖에 없었다. 지난밤 밀라노발 기차 안에서 옴짝달싹 못하고 고단한 열네 시간을 보낸 우리는 배에 타자마자 곯아떨어졌다. 출항 전까지 배도 파업 때문에 안 뜰거라고 걱정하던 아내는 막상 배가 떠나자 나보다 훨씬 먼저 잠이 들었고 뒤이어 나도 고개를 꺾고 정신없이 잠에 빠져들었다. 배는 쾌속으로 달려 한 시간 사십 분 만에 에올리에제도의 중심지인 리파리섬에 우리를 내려주었다. 부두에 도착하자 태국의 푸껫이나 피피섬에서나 볼 수 있던 숙소 호객꾼들이 우리를 기다리고 있었다. 우리는 한 택시기사의 설득에 넘어가 그의 차에 짐을 싣고 "타운의 중심에 위치해 있고 부두로부터 삼 분밖에 떨어져 있지 않으며 섬 제일의 볼거리인 옛 성과 박물관 바로 아래"라는 그의 아파트를 향해 떠났다. 잠시후 우리는 그의 아파트에 도착해 짐을 풀고 사흘 만에야 샤워를 하고 머리를 감는 즐거움을 누릴 수 있었다. 그것만으로도 너무 행복해 그대로 침대에 쓰러져 못다 잔 잠을 내처 잤다. 동네는 고요했고 하늘은 맑고 햇볕은 따사로웠고 공기에서는 올리브오일에 양파를 볶는 달큰한 냄새가 풍겼다.

리파리항의 야경

스피아자비안카해변

◀ 리파리

리파리섬은 인구가 1만800명쯤 되는 섬으로 에올리에제도의 중심이다. 시칠리아의 북쪽 바다, 티레니아해에 있으며 화산도다. 화산이 분출하면서 제도를 만들었는데 폼페이를 묻어버린 베수비오화산과 같은 화산대에 있다. 리파리 바로 이웃 섬은 불카노^{Vulcano}로, 이름에서 짐작할 수 있듯이 역시 화산섬이다. 이 섬과 제도의 막내라 할 수 있는 스트롬볼리는 현재 유럽에서 가장 활발한 활화산이다.

메시나에서 쾌속선을 타고 한 시간 사십 분쯤 오면 리파리에 도착하게 된다. 여기 오는 관광객은 크게 보아 두 종류인데, 등산화를 신은 이들과 샌들을 신은 이들이다. 등산화를 신은 이들은 무릎까지 푹푹 빠지는 화산재를 딛고 활화산의 실제를 직접 제 눈으로 보고 싶어 하는 부류이고 샌들을 신은 이들은 서핑이나 스노클링, 스쿠버다이

73

빙을 하러 오는 부류다. 등산화를 신은 부류는 배낭을 메고 진지한 얼굴로 피켈을 들고 다니며, 샌들을 신고 다니는 이들은 대체로 붉은 얼굴에 화려한 문신, 약간 껄렁한 표정을 하고 다닌다. 나는 얼굴이나 표정은 등산화 부류에 가까운데 신고 다니는 것은 샌들이라 섬사람들에게 약간의 혼란을 주는 부류다. 섬사람들은 나와 아내를 자포네세giapponese, 즉 일본인이라고 부르는데, 처음에는 듣는 대로 교정을 해주었지만, 듣고 돌아서면 또 자포네세라고 부르기 때문에 나중에는 그냥 포기해버렸다.

리파리섬에서의 삶은 단순했다. 밀라노와 로마의 무책임한 역무원들과 달리 나를 데리고 온 택시기사 바르톨로 빌리니 씨는 정직하고 친절한 사람이었다. 그의 집은 정말로 섬의 중심가인 비토리오에 마누엘레 거리에서 일 분 거리였고 고고학박물관에서 삼 분 거리였으며 그의 말대로 조용하고 한적한 주택가였다.

우리는 대로변에서 살짝 들어온 좁은 골목에 있는 집으로 안내되었는데, 작지만 볕이 잘 드는 발코니가 있었으며 깨끗한 화장실에 부엌까지 갖추고 있었다. 서향이어서 오후에는 햇볕이 발코니는 물론이고 집 안 깊숙이 들어와 모든 것을 바싹 말렸다. 여기서 나는 아침 일곱시에 일어나 발코니에 나가 글을 썼다. 차가 들어올 수 없는 좁은 골목이라 대체로 조용한 편이지만 아침에는 새들이 시끄럽게 울어댔다. 비둘기 몇 쌍이 이 골목을 근거지로 삼고 있으며, 검은 고양이 한 마리와 고등어의 등을 한 고양이 한 마리가 역시 근방을 장악하고 있었다. 발정난 암고양이 한 마리 때문에 밤에 격렬한 전투가 벌어지기도 하지만 아침에는 잘 보이지 않았다. 섬의 이런저런 관광산업에 종사하는 이들이 아침이면 스쿠터를 몰고 골목을 떠났다.

아침 여덟시 반이면 동네의 빵집으로 빵을 사러 나간다. 빵집은 일분 거리에 있고 빵집으로 가는 길에는 한집안 형제자매들이 하는 과일가게가 있다. 늘 빵을 사러 떠나지만 올 때는 과일까지 사서 돌아오게 된다. 아내와 내가 먹는 빵은 아무리 비싸도 1유로를 넘지 않는데 유명한 시칠리아의 밀로 만들어서인지 대단히 맛이 있다. 햇볕으로 단련된 과육들이 농익은 냄새를 풍기는 과일가게도 그냥 지나칠 수 없다. 이곳의 과일가게들은 색의 배열에 상당히 섬세하게 신경을 쓰는 눈치다. 붉고 노란 오렌지, 연두색과 자주색의 포도, 붉은 딸기 같은 것들이 길바닥에 나와 달콤한 냄새를 풍긴다. 아침은 빵 몇 개와 커피, 과일로 끝내고 다시 일을 하거나 산책을 나간다.

중요한 모든 것은 비토리오에마누엘레 거리에 있다. 주로 이탈리아어로 쓰인 책을 팔지만 간혹 영어판 도서와 외국신문도 파는 서점, 작은 슈퍼마켓, 우체국과 은행지점, 과일과 야채 가게, 카페와 레스토랑, 빵집과 옷가게, 안경점과 교회가 이 거리에 있다. 이 모든 게 걸어서 오 분밖에 걸리지 않는 거리에 모여 있었다. 거리의 북쪽 끝에는 부두가 있고 이 부두에서 섬의 다른 지역으로 떠나는 버스가 출발한다.

우리집의 주인인 빌리니 씨는 여기에서 다른 기사들과 함께 택시

비토리오에마누엘레 거리의 과일가게

영업을 하는데, 최근 부업 삼아 아파트렌트를 시작한 것 같았다. 이 거리에는 이 섬 유일의 인터넷카페가 있는데 속도가 하도 느려 뭐 좀 알아보고 메일 좀 보내면 금세 한 시간이 돼버린다. 그런데도 요금은 턱없이 비싼 편이다. 십오 분에 2유로쯤 되는데 나는 이 집의 주요 매출전략이 느린 전송속도가 아닌가 의심하곤 했다. 너무 느리기 때문에 그 무엇도 십오 분 안에 끝낼 수가 없는 것이다.

거리는 아침 일곱시에서 여덟시 사이에 서서히 깨어나기 시작한다. 그러다 오후 한시가 되면 일제히 철시한다. 우체국이나 은행도 예외는 아니다. 그러고는 모두 점심을 먹으러 간다. 친구들과 어울려 거창한 점심에 와인을 마시며 두 시간쯤 떠들고 약간의 낮잠을 잔 다음 다섯시쯤 되면 다시 가게로 돌아와 문을 연다. 과일가게도 인터넷카페도 마찬가지다. 그러고는 다시 저녁 여덟시나 아홉시까지 영업을 한 다음 문을 닫고 집으로 돌아가는 것이다. 도리 없이 나의 삶도 서서히 이 거리의 삶에 맞춰져갔다.

나 역시 낮 열두시까지는 대체로 일을 했다. 그러고는 점심을 해먹었다. 점심은 주로 파스타나 리소토 같은, 여기에서 재료를 조달하기 쉬운 음식들이다. 집 바로 앞에는 거리 유일의 생선가게가 있는데 오징어와 문어, 주꾸미와 갈치, 황새치와 그 밖의 이름을 알 수 없는 작은 생선들과 홍합을 팔았다. 여기에서 주로 오징어와 문어, 홍합 등을 사다가 리소토와 파스타에 넣어 먹는데, 바다에서 갓 잡아올린 신선한 것들이라 맛이 있었다. 생선가게는 오전 장사만 하는 경우가 많기 때문에 필요한 것들은 오전에 장만해놓곤 했다.

시칠리아의 와인은 싸고 훌륭하다. 대체로 5유로에서 7유로 사이의 와인들을 사다가 식사에 곁들여 먹었다. 술은 가능하면 언제나 그 지역의 것을 먹는다는 게 내 원칙인데, 『무라카미 하루키의 위스키 성지여행』이라는 책에서 하루키는 '좋은 술은 여행하지 않는다'는 더 멋진 말로 표현하기도 했다.

밥을 해먹고 치우면 어느새 두시가 넘어 있다. 햇볕은 뜨겁고 거리는 조용하다. 가게들은 문을 닫아걸고 큰 개들만 어슬렁거리며 거리를 쏘다닌다. 하는 수 없이 아내와 나도 꾸벅꾸벅 졸거나 좋은 햇볕을 아까워하며 빨래를 했다. 아무 일도 일어나지 않을 것 같은 오후가 그렇게 지나간다.

거리에 사람들이 늘어나기 시작하는 다섯시경이 되면 우리도 거리에 나가 사람 구경을 하거나 장을 봤다. 여행안내서엔 이 섬을 이렇게 묘사하고 있다. '모두가 모두를 아는 섬'. 거리에선 모두가 모두에게 인사를 한다. 차가 멈추면 그것은 인사를 하기 위해서고 클랙슨이 울려도 인사를 하기 위해서다. 한번은 우체국에 가서 환전을 하려는데 직원 말이, 이탈리아 시민만 우체국에서 환전이 가능하다는 것이었다. 환전소보다는 우체국이 늘 환율이 좋은 편이라 아쉬워하고 있자니 한 남자가 다가와 도와주겠다고 했다. 관광지에서 이런 경우를 당하면 대부분은 불쾌한 일로 끝이 난다. 최악의 경우, 자기가 아는 환전소로 데려가 후려치고 가장 좋은 경우라도 그가 아는 어떤 가게

로 가 호의의 대가로 뭔가를 사주어야 한다. 적어도 주머니에 돈이 있다는 것이 누군가에게 알려지는 건 반갑지 않은 일이다.

그는 우체국 직원들과 인사를 나누며(도큐멘토, 도큐멘토 어쩌고 하면서 고개를 젓는 것으로 보아 이 불필요한 관료적 규제가 현지인인 그로서도 어이없는 것 같았다) 자기 신분증을 그들에게 내밀었다. 그러고는 우리에게 환전을 해주라고 했다. 우체국 직원은 하는 수 없다는 듯이 우리에게 어느 호텔에 묵고 있냐고 물었다. 글쎄요, 호텔이 아니라 바르톨로 빌리니 씨 집에 머물고 있는데요, 라고 말하자 우체국 안에 있던 거의 모두가 고개를 끄덕였다. 아, 택시기사 바르톨로! 그뒤로는 모든 게 순조롭게 풀렸다. 우리는 바르톨로의 손님이었고 모두가 그를 알고 있었다. 리파리는 그런 섬이었다. 우리에게 자기 신분증을 흔쾌히 빌려준 그는 환전이 끝났을 때는 이미 어디론가 사라지고 없었다. 리파리에는 그런 사람들이 많다. 어리둥절한 얼굴로 난처해하고 있으면 누군가가 다가와 우리가 당면한 문제들을 해결해주고 사라진다.

저녁이 되면 골목 안으로 스쿠터들이 돌아온다. 학교에 갔던 학생들과 일터에 갔던 사람들의 오토바이가 들어오고 골목 안 여기저기서 인사 소리가 들려온다. 이탈리아 사람들은 퇴근을 하면 근처 바에서 간단히 술이나 커피를 마시며 놀다가 저녁을 먹으러 집으로 간다. 대체로 일곱시 반에서 여덟시 사이다. 우리 역시 그 무렵에 간단한 저녁을 차려 먹었다. 맥주와 햄으로 때울 때도 있고 제대로 차려 먹을 때도 있다. 텔레비전도 인터넷도 없는 저녁은 짧다. 설거지를 마치면 이내 졸음이 쏟아지고 우리는 잠자리에 든다. 아무것도 걱정할 게 없을 것 같은 평온한 하루. 걱정들은 종일토록 잠복해 있다가 밤을 틈타 우리를 내습한다. 서울에 남겨놓고 온 것들, 아직 해결하지 못한 문제들이 꿈을 빌려 나의 밤을 괴롭힌다. 리파리의 하루는 그렇게 간다.

2

리파리에 처음 도착한 인류는 아마도 중동 쪽에서 온 것으로 보인다. 메소포타미아나 팔레스타인 혹은 이집트 쪽에서 떠난 일군의 사람들이 배를 타고 바람에 의지하거나 때로는 노를 저어 동쪽으로 항진하다가 리파리에 당도했을 것이다. 고고학자들에 의하면 기원전 6000년경에도 이미 이곳에 인간들이 살고 있었다고 한다. 지중해는 그 무렵에도 꽤나 붐비는 바다였던 것 같다.

리파리에서 우리가 머물던 숙소에서 몇십 미터만 걸어나가면 사거리가 하나 나온다. 그 사거리를 지나 다시 몇십 미터를 더 걸어가면 그 왼쪽과 오른쪽으로 일반인의 접근이 금지된, 풀이 무성한 돌무더기가 쌓여 있는 공터가 나타난다. 처음에는 어떤 건물을 짓다가 포기한 곳인 줄 알았는데 나중에 들으니 거기가 바로 기원전 리파리에 처음 도착한 사람들이 머물던 집터, 그리고 무덤터였다. 잔잔한 리파리만에 배를 댄 그들이 섬의 지형을 휘휘 둘러보고는 음, 여기가 좋

비토리오에마누엘레 거리 야경

겠군, 생각하고 자리를 잡은 곳이 바로 거기였던 모양이다. 그런데 그것은 내가 리파리항에 처음 도착해서 한 일과 본질적으로 같았다. 배에서 내려 사방을 둘러보며 정세를 살피는 우리에게 바르톨로 빌리니 씨와 한 명의 노파가 다가왔는데 모두 자기 아파트를 설명하는 명함 크기의 광고지를 들고 있었다. 그 광고지는 하나같이 '발코니, 냉장고, 샤워, 부엌'을 강조하고 있었다. 시원하게 샤워를 한 후, 햇볕이 따사롭게 내리쬐는 발코니에서 맥주를 마시고 동네에서 사온 신선한 토마토로 스파게티를 만들어 먹는 모습이 자연스럽게 연상되었다. 또한 그것은 다소 억지스럽지만, 세계가 물, 불, 흙 그리고 공기라는 네 가지 요소로 이루어져 있다는 그리스 철학자(그러나 그는 지금의 그리스가 아닌 시칠리아의 아그리젠토에서 태어났다) 엠페도클레스의 학설을 연상시켰다. 샤워는 물, 부엌은 불, 발코니는 흙, 마지막으로 냉장고는 (차가운) 공기와 관련돼 있었다. 이 네 가지는 현대의 인간이 조금이라도 오래 어딘가에 머물고자 할 때 반드시 필요로 하는 것들이라고 할 수 있었다.

어쨌거나 노파는 빌리니 씨보다 먼저 우리를 잡았고 가격도 좀더 싸게 제시했다. 오랜 세월 강한 지중해의 햇볕과 소금기 강한 바람에 시달린 탓일까? 그녀의 얼굴은 짙은 갈색으로 그을렸고 손마디는 굵고 억셌으며 머리카락은 힘이 없이 푸석했다. 그러나 음성과 태도에서는 힘이 넘쳐 강인한 인상을 풍겼다. 그녀가 준 광고지에는 사진까지 실려 있었는데 무엇보다도 햇빛이 쏟아지는 발코니를 부각시키고 있었다. 그런 그녀를 마다하고 빌리니 씨를 따라간 것은 무엇보다 위치 때문이었다. 그녀는 부두의 오른쪽, 그러니까 북쪽을 가리키며 자기 집은 바다에서 아주 가깝다는 점을 계속해서 강조했다. 정말 바다에서 가까워 보이긴 했지만 그것은 바다라기보다는 화물선과 페리, 여객선이 도착하는 부두, 크고 작은 배들의 정박장에 가까웠다. 좀 소란스럽고 어수선해 보였다.

　반면 빌리니 씨는 부두의 남쪽을 가리켰다. 부두를 등지고 보면 왼쪽이었고 그쪽으로는 항만을 굽어보는 큼직한 언덕이 보였다. 언덕 위에는 견고한 성채와 주민과 선원들의 안전을 축복하는 교회가 서 있었다. 낮은 지붕들이 이어져 있는 부두 근처보다는 그쪽에 마음이 갔다. 언덕이 어수선한 부두를 막아주고 있는 위치였다. 화산이 폭발하면서 흘러내린 용암이 굳어 생겼을 그 언덕에 스페인 사람들은 성채를 세웠다. 그들이 아닌 누구라도 바로 거기에 육중한 성벽과 대포, 그리고 총안을 설치해야 한다는 것을 알았을 것이다. 리파리항은 보기보다 수심이 깊어 지금도 커다란 배들이 쉽게 들어와 닻을 내릴 수 있었다. 대포 몇 문만 갖다놓아도 적함들이 쉽게 넘보기 어려웠을 것이다.

　서울에서는 한남동과 이태원이 바로 그런 곳이었다. 한강으로 들어오는 배와 강 너머에서 기동하는 적을 살피면서 동시에 남산 북쪽을 제압할 수 있는 천혜의 요지라고 할 수 있다. 고래로, 서울에 진입한 외국군대는 모두 거기에 진을 쳤다. 청일전쟁 때의 청군이 그랬고

리파리섬 전경

두 번의 전쟁으로 조선반도의 헤게모니를 장악한 일본군이 그랬고 원자폭탄으로 그들을 무릎 꿇리고 입성한 미국군대가 그랬다. 그리고 그곳에는 내로라하는 기업가들이 커다란 집을 지어 살고 있다. 굳이 풍수지리까지 들먹이지 않더라도, 자기가 머물 곳을 마음놓고 고를 처지가 되면 인간들은 선사시대의 인간들과 비슷해지는 것 같다. 물을 쉽게 구할 수 있으면서 방어에 유리한 안전하고 따뜻한 곳을 선호하는 것이다. 우리가 머물게 된 집 역시 기원전 6000년에 당도한 이들의 주거지와 매우 가까웠다. 섬의 중심가인 비토리오에마누엘레 거리는 바로 그 선사시대 주거지를 지나고 있었다. 마치 육전이 있던 종로가 궁궐들을 끼고 서에서 동으로 달리듯.

빌리니 씨의 집에 처음 들어왔을 때, 우리가 제일 먼저 한 일은 각자 달랐다. 일단 나는 짐을 이리저리 풀어놓았다. 개들이 오줌을 싸 경계를 표시하듯 나는 짐으로 이곳이 내가 살아갈 곳이라는 것을 확정했다. 그것은 대학 시절 친구들과 캠핑을 떠났을 때를 연상시켰다. 나를 비롯한 남자들은 막대들을 땅에 굳게 박아넣고 그 위로 텐트를 쳤고 여자들은 불과 화덕 근처에서 먹을 것을 마련했다. 아내는 싱크대로 가 냄비와 그릇, 조리도구 들을 살펴보더니 바로 그것을 씻기 시작했다. "고무장갑이 없네. 하나 사야겠어." 고무장갑을 사온 뒤에는 좀더 본격적으로 앞으로 사용할 식기들을 씻어 햇볕에 내놓아 소독을 했다. 그러고는 침구들도 모두 걷어 발코니에 내다 말렸다. 아내는 일생의 대부분을 부산과 서울의 아파트에서 보냈지만 막상 새로운 정착지에 도착하자 피난민캠프에 갓 도착한 여느 아낙네와 다를 바 없이 행동했다. 호텔에 묵을 때는 하지 않던 행동들이 부엌이 있는 아파트에서는 거침없이 나왔다. 나는 발코니에 나가 파란 하늘과 해발 594미터의 산탄젤로산을 바라보며 우리보다 먼저 이곳에 도착했던 남자와 여자 들을 생각했다.

3

최초의 정착민들에 이어 섬에 도착한 이들은 그리스인들이었다. 이들은 리파리를 티레니아해와 에게해 사이를 잇는 무역거점으로 만들었다. 예나 지금이나 그리스인들은 바다를 사랑한다. 그들은 배를 타고 가다가 멋진 곳을 발견하면 상륙하여 임자가 없으면 말뚝을 박아 자기들 땅으로 만들었다. 그리고 거기에 정치거점인 아크로폴리스를 건설하고 유흥을 위해 원형극장을 세웠다. 그들이 건설한 아크로폴리스 역시 내가 쓰레기를 버리러 가는 집하장소 바로 옆이었다.

시칠리아 전역의 큰 도시에는 거의 어김없이 그리스인들이 건설한 원형극장의 흔적이 남아 있다. 시라쿠사가 그렇고 타오르미나가 그렇다. 이 원형극장들은 하나같이 산을 깎아 만들었는데 무대 뒤로는 먼바다가 내다보였다. 그리스인들이 이렇게 산으로 둘러싸이고 바다가 잘 보이는 높은 곳에 원형극장을 만든 이유가 효율적인 방어를 위해서였다는 설도 있다. 재미있는 연극을 보던 중에라도 멀리 적이 나타나면 나아가 싸우기 위해서라는 것이다. TV 드라마가 방송되는 시간에도 아래로는 재난속보 자막이 나오는 것과 비슷한 효과를 노렸다는 것이다. 그러나 시라쿠사나 타오르미나의 그리스식 극장에 한번 앉아 있어보면 그런 주장의 신빙성이 낮다는 것을 금세 알 수 있다. 그리스인들은 연극을 주로 밤에 즐겼다. 낮은 예나 지금이나 너무 뜨거워 그늘도 없는 석회암 계단에 앉아 있기 힘들다. 한마디로 고역이다. 따라서 밤에 횃불을 밝히고 모여 복잡한 무대장치를 사용한 연극들을 즐겼는데, 그러면서 저 검은 바다로 접근하는 적선을 발견하고 그것에 대응했다는 것은 상상하기가 좀 어렵다. 바다의 적은 횃불을 밝힌 드라마광들을 쉽게 볼 수 있어도 드라마에 빠진 관객들이 저 어두운 바다로 시선을 돌려 조심스럽게 접근하는 적함들을 발견하는 것은 거의 불가능에 가깝다.

그렇다면? 그저 나는 그리스인들이 바다를 사랑해서였다고 생각한다. 이왕 힘들여 극장을 지을 거라면 바다가 보이는 데가 좋지 않겠는가, 라고 생각했을 것이다. 그들의 고향이 그랬으니까. 아테네가, 코린트가 그랬으니까. 지금도 전 세계의 이민자들은 자기가 살던 곳과 비슷한 곳에 정착하려는 경향이 있다고 한다. 시칠리아를 떠난 이민자들도 바다가 있는 뉴욕, 그것도 섬인 맨해튼에 정착했고 지평선만 보고 살던 독일 중부와 체코의 이민자들은 미국의 중부에 주로 자리를 잡았다. 미국에 이민간 한국인들도 집을 살 때가 되면 자기도 모르게 언덕이 있는 곳, 이왕이면 그 언덕에 소나무가 있는 집을 선호한다고 한다. 그리스인들 역시 자신들이 떠나온 곳과 가장 비슷한 곳에 자리를 잡고 고향에서 보던 극장과 가장 비슷한 위치에 역시 극장을 건설했을 것이라고 나는 생각한다.

그리스식 극장은 그들의 후예를 자임했던 유럽인들과 미국인들에 의해 여러 곳에서 비슷한 형태로 다시 만들어졌다. 그리고 미국인 선교사들이 세운 아시아의 몇몇 대학에도 이런 형태의 극장이 있다. 내가 다닌 대학에도 7500명을 동시에 수용할 수 있는 큼지막한 반원형 극장이 있다. 소나무들에 둘러싸여 있으며 멀리 신촌과 한강이 내려다보이던 이 극장을 우리는 노천극장이라고 불렀는데 그곳에서 입학식이나 졸업식, 응원 연습 같은 학교의 중요한 행사가 치러졌다. 우리는 모두 그 극장을 사랑했다. 노래를 부르면 서로 잘 들렸고 함성을 지르면 서로의 가슴으로 울렸다. 무엇보다 그 극장에 모여 있노라면 우리가 비슷한 사상과 지향을 가진 동질적 집단이라는 확신이 절로 들곤 했다(물론 졸업을 하면서 그런 믿음은 빠르게 줄어든다).

현대적 콘서트홀은 관객들이 오직 무대에만 집중할 수 있도록 설계되지만 그리스식 극장은 관객들이 서로를 의식하도록 만들어졌다. 인간의 반응은 잘 전파된다. 특히 웃음과 하품이 그렇다. 그래서 이런 극장에선 콘서트나 연극도 좋지만 관객들이 참여할 수 있는 행사들이 훨씬 더 잘 어울린다. 나는 노천극장에서 그 대학의 응원가와 율동을 배웠는데 그 순간의 행복감은 지금도 잊히지 않는다.

초등학교 때까지 시골내기였던 나는 서울로 옮겨와 중학교와 고등학교를 다녔는데 그 육 년 동안 내내 이방인으로 겉돈다는 느낌을 받고 있었다. 서울로 몰려드는 인구를 수용하기 위해 한강변의 모래밭을 다져 만든 잠실의 아파트단지는 내가 살던 작은 마을들과 완전히 다른 곳이었다. 피난민캠프나 병영에서처럼 그곳의 주민들은 단지와 동 호수에 따라 일사불란하게 분류되었다. 어쩌면 그곳에 사는 모두가 나처럼 스스로를 이방인으로 느끼고 필사적으로 서울생활, 아파트생활에 적응하려 애쓰고 있었을지도 모르지만 나로서는 남들 사정을 헤아릴 처지가 아니었다. 막 십대로 들어선 나는 황량한 아파트숲에서 무엇을 그리워하는지도 모르면서 그 무언가를 그리워하고 어떻게 해야 마음이라는 것을 '나눌' 수 있는지도 모르면서 마음을 '나눌' 친구가 없음을 아쉬워했다. 그렇게 육 년이 흘러갔다. 분명 나에게도 정해진 소속이 있었지만 거기에서 어떤 일체감을 느낄 수는 없었다. 그런데 대학에 들어가자 서울에 올라온 후 처음으로 한 집단에 받아들여진, 그들 모두와 하나가 된 듯한 강렬한 감정의 세례를 받았던 것이다. 그 대학이 전에 다닌 다른 학교들보다 딱히 더 친절하고 더 포용력이 있지는 않았을 것이다. 대신 거기에는 내가 다닌 중학교와 고등학교에는 없던 것이 있었다. 바로 그리스식 극장이었다.

이 대학은 강원도 원주의 캠퍼스에도 비슷한 노천극장을 지었다. 토지문화관이 지척인 이 캠퍼스를 커다란 저수지가 둘러싸고 있었는데 이 극장의 무대는 바로 그 저수지를 배경으로 하고 있었다. 신촌캠퍼스와 원주캠퍼스 사이에는 학생과 교직원을 위한 무료 셔틀버스가 다녔는데 나는 가끔 별다른 이유 없이 그 버스를 타고 원주에 가서 학생식당에서 밥을 사 먹고는 노천극장에 앉아 하릴없이 시간을 보내곤 했었다. 지붕이 없는 그곳의 계단식 객석에 앉아 아래쪽의 무대를 내려다보면 몇 그루의 전나무 뒤로 물결 잔잔한 저수지가 보였다. 그것은 한 번 보면 잊기 어려운 아름다운 광경인데 특히 주변 숲에 일제히 단풍이 드는 가을에는 더욱 장관이었다.

2007년 겨울, 나는 시라쿠사와 타오르미나에서 한동안 기시감에 사로잡혀 먹먹해지는 마음을 다잡느라 애를 먹었다. 그것은 전적으로 이 그리스식 극장 때문이었다. 이십 년 전의 그 노천극장이 거기, 시칠리아에 있었던 것이다. 나는 시라쿠사의 퇴색한 석회암계단에 앉아 저멀리 희붐하게 빛나는 지중해의 수평선을 보며 열아홉 살의 봄에 경험했던 찬란한 행복을 회상했다. 모두 같은 색의 티셔츠를 입고 손을 높이 쳐든 채 〈젊었다〉를 부르던 그날을. 그럴 때 여행은 낯선 곳으로 떠나는 갈 데 모를 방랑이 아니라 어두운 병 속에 가라앉아 있는 과거의 빛나는 편린들과 마주하는, 고고학적 탐사, 내면으로의 항해가 된다. 바다가 내려다보이는 타오르미나의 그리스식 극장에 앉아 나는 그때의 노래를 소심하게 웅얼거린다. 간단한 가사를 계속하여 반복하던, 그래서 신입생들도 쉽게 따라 배울 수 있었던 그 응원가는 이렇게 끝난다. 그대여, 그대여어어, 너와 나는 태양처럼 젊었다.

리파리는 지중해 무역의 거점이었던데다 화산활동의 부산물인 부석과 흑요석광산으로 부를 쌓았기 때문에 해적들의 침탈이 잦았다. 질이 좋은 부석은 주로 건축의 구조용 콘크리트에 사용된다. 또 가볍고 열전도율도 낮기 때문에 지붕이나 빙고氷庫, 욕조, 그 밖에 단열벽 콘크리트의 골재로 사용된다. 내산성이 강하므로, 황산 제조장치 등에도 그대로 사용할 수 있다. 흑요석은 규산이 풍부한 유리질 화산암으로 흑요암이라고도 한다. 색깔은 흑색, 회색, 적색, 갈색을 띤다. 석기시대에는 칼, 화살촉, 도끼로 사용되었으며 가열하면 팽창하는 성질이 있어 내화연료 등 공업용 원료로 이용된다. 또한 연마하여 장신구로도 이용한다. 영어식 이름인 옵시디언은 로마의 저술가 G. 플리니우스가 자신의 저서 『박물지』에서 옛날 로마 사람 옵시디우스가 에티오피아에서 발견한 유리질 화산암이 아마 이런 암석이 아니었을까, 하고 추정한 데에서 유래했다고 한다. 석기시대부터 현재까지 쓸모 있는 광석이었으니 노리는 세력이 많았을 법하다.

나이트클럽 앞을 지키는 근육질 사내처럼 다소 부담스런 외양으로 남아 있는 성채는 그런 해적들을 대비하기 위해 지어졌다. 최근의 모습은 1544년, 당시 지중해 전역에서 스페인을 괴롭히던 바르바로사 일당이 섬을 휩쓸고 간 후에 대대적으로 보강된 것이다. 스페인 세력은 대포와 화약이 전쟁에 도입된 이후에 지중해 세계에 나타났기 때문에 그들이 지은 성은 하나같이 육중하다. 이 성은 얼마 안 되는

옛 성 올라가는 길

리파리 고고학박물관

섬과 그 주민들을 지키기 위해서라기보다 티레니아해 전체의 제해권을 염두에 두고 건설됐을 것이다. 이제 이 성은 오직 관광자원과 고고학적 발굴의 대상으로서만 존재하고 있다.

내가 머물고 있던 곳에서 슬리퍼를 끌고 오 분 정도만 올라가면 성에 당도하게 된다. 성에서는 항만과 부두, 마을이 모두 내려다보인다. 그리고 날씨가 좋은 날이면 제도의 다른 섬들도 선명하게 보인다. 성안의 박물관은 시칠리아의 역사를 축약해놓은 것 같다. 작은 섬의 박물관이지만 전시품이 꽤 충실하다. 선사시대의 토기에서부터 신화와 역사가 그려진 그리스 도기, 그리고 중세의 유물들이 시대에 따라 전시돼 있다. 처음 방문하던 날에는 수학여행을 온 초등학생들이 몰려다니며 시칠리아의 역사를 배우고 있었고 진지하고 심각한 독일 관광객들이 무리를 지어 가이드의 설명을 듣고 있었다. 박물관의 도기를 보고 있기엔 아이들에게나 나이든 관광객들에게나 너무 화창한 날이었지만 그래도 다들 꾹 참고 일행을 따라 복도를 돌고 있었다.

좁고 어둑한 중세식 골목을 따라 내려오면 가리발디나 비토리오 에마누엘레 등의 근대 이탈리아의 국가적 영웅들의 이름을 딴 거리들이 이어진다. 섬의 인구는 1만800명가량인 것으로 알려져 있는데 내가 살던 성산동의 아파트단지 하나에만도 그것보다 많은 사람이 살고 있었다. 그런데도 이상하게 이 작은 섬의 인구가 훨씬 많게 느껴진다. 서울의 아파트단지에선 많은 사람들이 방에 틀어박혀 텔레비전을 보거나 인터넷을 하고 있는 반면, 이곳의 사람들은 거리에 나와 에스프레소를 마시거나 친구들과 이야기하고 있어서일 것이다.

리파리에 도착한 지 일주일째가 되자 서서히 아는 사람들이 늘어 났다. 길을 가다 마주치면 "본 조르노" 혹은 "차오"라고 인사를 해오는 사람들이 생겼다는 뜻이다. 하루이틀쯤 머물다 떠날 '자포네세'로 여 기고 있던 이들도 일주일째 거리를 돌아다니고 있으니 그제야 친구 로 받아들이는 눈치다.

우선 집 밖을 나서면 생선가게 주인과 인사를 해야 한다. 사람 좋 게 생긴 이 프란체스코 할아버지는 작은 생선가게를 운영하고 있는 데 냉동된 생선은 아예 취급하지 않는다. 그날 새벽에 들어온 것들을 주로 오전에 다 처리하고 오후에는 문을 닫는다. 아침 일찍 주부들과 식당을 운영하는 사람들이 몰려와 신선한 생선을 잔뜩 사가지고 간 다. 빵을 사러 나온 나도 가끔 그 대열에 합류하는데, 날마다 들어오 는 생선과 해물이 다르기 때문에 늘 주의를 기울여 살펴볼 필요가 있 다. 오징어와 정어리는 거의 매일 있고 새우는 철이 아니어서인지 자 주 보이지 않았다. 바지락류의 조개들은 여름이라 잘 나질 않는 모양 이었다. 황새치와 참치를 토막내 팔기도 하고 가끔 갈치가 은빛 비늘 을 빛내며 엉켜 있기도 했다. 나는 주로 오징어나 문어, 홍합을 사는 데 새우는 잘 나오질 않기 때문에 보이면 무조건 샀다. 이런 어물쇼핑 은 해보면 꽤 즐겁다. 그날 뭐가 있을지 모르기 때문에 가게 주렴을 걷고 들어갈 때마다 즐거운 기대가 있다. 기다리던 것이 있으면 반갑 고 생각지도 않던 것을 보게 되면 신이 난다. 오징어는 내장을 빼내고

생선가게 주인과 그 아들

간단한 손질도 해서 주기 때문에 그냥 기름에 볶거나 삶아서 스파게티 같은 데 얹어 먹으면 되고 새우는 쪄서 소금에 찍어 먹는다.

이 프란체스코 할아버지는 다소 험상궂게 생긴 아들과 함께 일을 하는데 '자포네세'인 나를 아주 좋아하는 눈치다. 늘 와서 달랑 주꾸미 한 마리, 오징어 한 마리를 사가는데도 싫은 기색이 없다. 그는 정오가 다가오면 가게 앞에 나와 "비보, 비보 Vivo, vivo"라고 큰 소리로 외친다. 굳이 번역하자면 '싱싱한 생선이 왔어요. 팔딱팔딱 뛰는 아주 싱싱한 생선입니다' 정도가 될 것이다. 목소리가 우렁차고 힘찬 것으로 보아 하루이틀 외친 솜씨가 아니다. 비토리오에마누엘레 거리 전체에 그의 "비보, 비보"가 들린다.

프란체스코 할아버지의 목소리가 사라지면 거리는 조용해진다. 점심시간이 된 것이다. 햇볕은 뜨겁고 가게들은 문을 닫는다. 나는 사람들이 사라진 한낮의 거리가 좋아 꼭 그 시간에 슈퍼마켓에 간다. 문득 이 거리가 알베르 카뮈가 『페스트』에서 묘사한 오랑의 거리처럼 보일 때가 있다. 지중해에 면한 알제리의 해안도시를 모델로 했을 오랑과 그곳에서 그리 멀리 떨어지지 않은 리파리의 거리는 어쩌면 그 기후나 풍토가 그리 다르지 않을 것이다. 뜨거운 태양, 흰색 페인트로 칠해진 네모진 건물들, 그 안에 살고 있는 모두가 다른 모두를 아는 도시에서 반복되는 권태로운 일상, 그리고 바다. 눈이 부시도록 파란 지중해는 그들에게 희망과 열정 대신 막막한 고립감을 부여한다. 한낮의 어떤 순간, 리파리에는 갑자기 소개명령이라도 내린 듯 뜨거운 고요와 정적이 찾아온다. 그리고 그 사이를 어리둥절한 얼굴로 걸어가는, 추운 나라에서 갓 도착한 관광객들이 있다.

중국 남자들은 중국식 팬(웍) 하나만 있으면 어디서든 살아남을 수 있다고 한다. 중국 음식의 대부분이 볶거나 튀기는 것이고 중국 남자들 대부분이 집에서 간단한 요리는 하면서 자라니 가능한 얘기일 것이다.

자기가 음식을 해먹을 수 있으면 그렇지 않은 경우보다 객지에서 꽤 오래 버틸 수 있다. 특히 모국의 음식을 파는 식당이나 그 식재료를 파는 가게가 전혀 없는 곳에서는 더욱 그렇다. 시칠리아, 그것도 리파리 같은 섬에는 한국 음식점은 고사하고 그 흔한 중국 음식점 하나 없다. 이런 환경에서 마음의 평정을 유지하고 살아가자면 적어도 볶음밥 정도는 할 줄 알아야 한다.

생존요리를 시작하기 위해선 반드시 다음과 같은 것들이 필요하다.

프라이팬, 냄비, 올리브유, 소금, 칼

위의 것들이 있으면 최소한 다음과 같은 것을 해먹을 수 있다.

오징어 스파게티

슈퍼마켓이나 동네 가게에 가서 다음과 같은 재료를 구입한다.

마늘, 양파, 스파게티면(나는 좀 넓적한 링귀니면을 더 좋아한다),
토마토소스, 그리고 오징어 한 마리

지중해의 토마토는 아주 붉고 신맛이 적다. 스파게티에 아주 잘 어
울리니 직접 소스를 만들어보는 것도 좋을 것이다. 토마토소스를 만
드는 법은 간단하다. 토마토를 잘게 썰어 소스팬에 넣어 약한 불로 오
래 뭉근하게 끓이면 된다. 그러나 귀찮으면 그냥 슈퍼마켓에서 적당
한 소스를 사온다. 가격이 아주 싸다. 어느 나라나 그 동네 사람들이
집에서 만들 수 있는 것들은 싸게 팔린다. 보통 1유로 정도다. 두 명
이 네 번은 해먹을 수 있는 스파게티면도 1유로에서 2유로 사이다.
　먼저 약간의 소금을 넣고 물을 끓인다. 물이 팔팔 끓으면 면을 집
어넣고 파스타 포장지에 표기된 시간 동안 삶는다. 다 익었는지 알아
보려면 면 한 가닥을 꺼내 주방 타일에 던져 그게 붙는지 안 붙는지

를 살피라는 말도 있지만 '생존요리법'에서는 다 무시해도 좋다. 그냥 시간이 됐다 싶으면 건져낸다. 다행히 내가 묵은 빌리니 씨 집에는 파스타 요리를 위한 기구들이 다양하게 준비돼 있었다. 면을 삶을 수 있는 깊은 냄비와 그것을 건져내 담아둘 수 있는 구멍 숭숭 뚫린 바구니까지. 아마 다른 이탈리아 가정도 다 비슷할 것이다.

면이 익는 동안 마늘과 양파, 오징어를 썰어둔다. 팬에 올리브유를 두른 뒤 마늘과 양파를 볶는다. 취향에 따라 고추(페페론치노라고들 한다. 잘못하면 무지하게 매운 것을 살 수 있다. 나는 내 평생 가장 매운 고추를 시칠리아에서 맛보았다. 80년대 거리에서 경험한 최루탄의 맛이었다. 공기 중에도 그 매운맛이 퍼져 숨을 쉬기 곤란할 정도여서 우리는 모두 발코니로 대피해 신선한 공기를 쐬어야만 했다)를 넣을 수도 있다. 마늘과 양파가 어느 정도 익으면 오징어를 넣어 같이 볶는다. 싼 화이트와인을 살짝 뿌려도 좋지만 없어도 괜찮다. 오징어가 맛있게 익었다 싶으면 토마토소스를 부어 살짝 데운 후, 소금과 후추로 간을 한다. 건져둔 면 위에 완성한 토마토소스를 부어 먹는다. 요리시간은 약 십 분 정도 걸린다. 값싸고 맛있는 시칠리아 와인을 곁들이면 꽤 먹을 만한 한 끼 식사가 된다.

오징어 대신 조개를 넣으면 봉골레 스파게티가 된다. 이 경우에는 토마토소스 대신 화이트와인과 올리브유만으로 요리한다. 이탈리아 사람들은 봉골레 스파게티에 토마토를 잘 넣지 않는다. 우리나라 이탈리아 식당의 최고 인기 메뉴인 토마토 해물 스파게티 같은 것은 아

쉽게도 거의 팔지 않는다(만들어 먹는 것은 자유여서 나는 자주 해먹는다). 어쨌든 봉골레 스파게티에는 토마토소스 대신 화이트와인과 올리브유만 넣어보자. 신선한 조개만 있다면 토마토소스를 넣은 것보다 훨씬 담백하고 맛있다. 재료의 맛도 더 잘 살아난다. 지난 12월에 시칠리아에서 혼자 이 스파게티에 깊은 감명을 받은 뒤 서울로 돌아와 '봉골레 스파게티'를 해주겠다고 하자 아내는 불안해했다. "너무 느끼할 것 같은데? 그냥 토마토소스로 하면 안 돼?" "아니야, 시칠리아에서는 다 이렇게들 해먹는데 꽤 맛있어." 아내는 별로 내키지 않아 했지만 한번 먹어본 뒤로는 더이상 토마토 해물 스파게티를 찾지 않았다. 내 요리 솜씨가 좋아서가 아니라 신선한 재료만 있다면 이게 훨씬 훌륭한 요리법이기 때문이다. 토마토소스는 맛이 너무 강해 다른 재료의 향미를 죽일 수가 있다(내가 살던 성산동에는 마포농수산물시장이라는 훌륭한 재래시장이 있었다. 거기에선 거의 언제나 싱싱한 바지락을 싼값으로 살 수 있었다).

이제 슈퍼마켓에 가서 다음과 같은 재료를 구입하거나 아니면 바다에 나가 잡는다.

마늘, 스파게티면, 올리브유, 화이트와인,

싱싱한 조개 약간(바지락이나 모시조개류), 소금, 후추

조개를 소금물에 담가 해감을 토해내도록 한다. 물에 소금을 넣고

끓인 뒤, 면을 넣어 삶는다. 면이 삶아지는 동안 조개를 씻고 마늘을 편으로 썰어둔다. 팬에 기름을 두르고 마늘을 볶다가 조개를 넣는다. 화이트와인을 조금 붓고 팬을 뚜껑으로 덮어준다. 조개에서 맛있는 육수가 배어나오므로 와인을 너무 많이 붓지 않도록 한다. 조개가 입을 벌릴 때쯤이면 면이 다 익어 있을 것이다. 물기를 뺀 면을 팬에 넣어 육수를 흡수할 때까지 볶아준다. 파슬리를 뿌려 향을 더할 수 있다. 이것이 내가 제일 즐겨 먹는 봉골레 스파게티다.

슈퍼마켓에 가서 잘 살펴보면 고추나 오이를 소금에 절여 병에 담아둔 것들을 판다. 한국인의 입맛에 잘 맞으니 사두면 좋다.

좀더 동양적인 맛을 원한다면 동서양 절충식 볶음밥을 추천한다. 슈퍼마켓이나 들에 나가 다음과 같은 재료를 구한다.

쌀, 올리브유, 소금, 햄, 달걀, 고추, 토마토, 마늘, 간장

볶음밥에 있어서 중요한 것은 강한 팔힘과 불을 두려워하지 않는 패기라고 할 수 있다. 오직 강한 불만 사용한다. 화력은 팬을 들어 조절한다. 속이 깊은 중국식 팬이 맞춤한데 없으면 없는 대로 한다. 모든 것이 다 갖춰진 상태에서 요리 못하는 사람은 없다. 뭔가 부족한 상태에서 해냈을 때, 만족도 더 크다.

먼저 밥을 한다. 쌀을 씻어 냄비에 넣고 적당히 물을 맞추고(운에 맡긴다) 팔팔 끓인다(혹 물이 많으면 좌절하지 말고 물은 버리고 익은

쌀만 사용한다). 밥물이 넘치려 하면 불을 낮춰 계속 끓인다. 금방 끓어넘치니 서서 지켜보는 것이 좋다. 물이 다 졸아들면 뜸을 들인다. 밥은 볶을 것이므로 좀 된 것이 좋겠다. 여기 쌀은 우리 쌀과 달리 찰기가 적은데 볶음밥에는 오히려 좋다. 잘 눈지도 않는 편이다.

이제 팬에 올리브유를 두른다(다른 기름을 좋아하는 사람도 있겠지만 아쉽게도 여기는 올리브유밖에 없다. 대신 싸고 질이 좋다. 특히 시칠리아의 올리브는 아주 유명하다). 팬이 뜨거워지면 마늘과 고추를 넣어서 볶다가 햄과 밥도 넣는다. 소금이나 간장(유럽 슈퍼마켓을 잘 살펴보면 인도네시아나 중국에서 생산된 간장이 있다. 혹시 매대에서 샘표 간장이 눈에 띈다면 당신은 아직 시칠리아에 오지 않은 것이다. 먼저 비행기표를 사라)으로 간을 한다. 강한 팔힘으로 재료들을 거센 불길 위로 팍팍 쳐올리며 볶으면 좋겠지만 객지에는 그런 강한 불도, 중국식 팬도 구하기 어려우므로 그냥 나무주걱 같은 것으로 잘 저어주며 볶는다. 다 볶아지면 밥 위에는 달걀 프라이를 얹고 토마토를 썰어 주변을 장식한다. 역시 시칠리아의 붉은 와인을 곁들여 먹는다.

볶음밥에 자신이 생기면, 여기는 시칠리아, 바로 리소토에 도전한다. 이름하여 '내 맘대로 해물 리소토'라 하자. 나는 리소토의 요리법을 배운 적이 없다. 여기는 인터넷도 안 되니 검색엔진에 물어볼 수도 없는 노릇이다. 하지만 어쩐지 리소토를 만들 수 있을 것 같았다. 생존요리법의 세계에서는 배움의 장소가 따로 없다. 길에서 배운다. 나는 레스토랑에서 먹어본 리소토를 생각하며 나만의 레시피를 만들어

보기로 했다. 이탈리아에서는 누구나 간단히 해먹는 요리가 아닌가. 그런 게 어려울 리가 없다. 이렇게 생각하고 용기를 얻었다.

슈퍼마켓이나 동네 가게에 가서 다음과 같은 것을 구입한다.

쌀, 마늘, 신선한 홍합, 냉동된 해물(슈퍼마켓에 가면 판다. 리소토용으로 오징어 등을 잘게 썰어 포장해놓았다)

팬을 달군 후 올리브오일을 두른다. 잘게 썬 마늘을 볶다가 쌀과 해물을 넣고 물을 붓는다. 물은 밥과 재료가 완전히 잠길 정도로 넉넉하게 한다. 그리고 십이 분에서 십삼 분 정도 계속 끓인다. 물이 끓어오를 때 소주 반 잔 정도의 화이트와인을 한두 차례 붓는다. 다 익으면 접시에 덜어 먹는다(사실 리소토는 쌀을 기름에 볶아 익히는 게 원칙이다. 하지만 생존요리법에서는 수단과 방법을 가리지 않고 익히면 그만이다. 그래서 내가 만든 리소토는 어딘가 해물죽 같은 것이 되어버리곤 했다).

홍합은 시간이 많고 힘이 남아돌 때 넣는다. 만약 실수로 혹은 충동적으로 홍합을 샀다면 다음과 같이 한다. 표면에 붙어 있는 수염을 손으로 잡아뗀다. 쇠수세미(없으면 그냥 수세미)로 껍질을 거세게 문질러 달라붙은 이물질들을 제거한다. 홍합의 검은 표면이 반지르르한 벼루처럼 보일 때까지 벅벅 문질러야 한다. 1킬로그램쯤의 홍합을 그렇게 손질하고 나면 없던 식욕도 생긴다. 홍합 역시 쌀을 넣을 때

함께 넣는다. 신선한 홍합의 즙이 밥에 스며들어 환상적인 맛을 내 우리의 노고를 보상한다. 그리고 그때부터는 누군가에게 '지중해식 홍합 리소토'를 해먹었노라고 자신있게 말할 수 있게 된다. 그리고 홍합의 손질 요령을 한번 익히고 나면 홍합을 이용한 다양한 생존요리에 도전할 수 있다. 홍합은 어디서나 가장 저렴한 어패류이고 훌륭한 단백질 공급원이며 (특히 한국인에게는) 더할 나위 없는 술안주이자 해장국 재료다. 프랑스 노르망디에 가면 홍합을 산처럼 쌓아놓고 먹는 사람들을 볼 수 있는데, 여기서 나는 젓가락질을 못하는 사람들이 어떻게 그렇게 많은 홍합을 먹을 수 있는지를 알았다. 그들은 우선 홍합 하나를 먹은 뒤, 그 홍합 껍데기를 집게처럼 사용해 다른 홍합의 살을 집어 쏙 빼 먹는 것이다. 해보면 젓가락보다 훨씬 편리하다는 것을 알 수 있다. 어쩌면 살아 있는 홍합도 그런 방식으로 다른 홍합을 공격할 수 있을 거라는 생각이 든다.

◀ 리파리

스쿠터 일주

　이탈리아를 상징하는 여러 디자인 아이콘 중에서 늘 내 마음을 끄
는 것은 앙증맞고 성능 좋은 이탈리아산 스쿠터들이었다. 아프릴리
아, 베스파 같은 스쿠터들을 사볼까 하고 인터넷을 뒤지던 때도 있었
다. 하이힐을 신고 헬멧 아래로 긴 머리를 휘날리며 여유롭게 거리의
흐름에 맞추어 일터로 가는 여성들을 보고 있을 때 비로소 이탈리아
에 왔다는 실감이 난다. 호찌민시티의 거리에서 어깨가 닿을 듯 밀집
하여 진군하는 혼다 오토바이의 거대한 물결을 보고 그곳이 베트남
임을 새삼 깨닫듯이.

　리파리에서 나는 주로 해안가에서 지냈지만, 가끔 고개를 돌려 등
뒤에 버티고 선 산을 바라보곤 했다. 화산분출로 융기했을 봉우리의
가파른 능선에는 하얀 집들이 제비집처럼 붙어 해수면에 바싹 달라
붙은 리파리 중심가를 내려다보고 있었다. 언제 저기를 한번 올라가

봐야 할 텐데…… 하지만 슬리퍼를 신고 오를 산은 아니었다. 나는 부두 근처에서 20유로를 내고 오랫동안 눈으로만 감상하던 이탈리아산 스쿠터를 한 대 빌리기로 했다.

"스쿠터 탈 줄 알죠?"

스쿠터가게 주인이 묻자 나는 애매하게 웃었다.

"처음이에요?"

나는 고개를 저었다.

"두번째인데요."

가게 안의 젊은 여자가 내 말을 듣더니 가소롭다는 듯 피식 웃었다. 두번째나 첫번째나, 그게 그거 아니냐는 표정이었다.

스쿠터를 처음 타본 것은 태국의 푸껫에서였다. 푸껫의 스쿠터 대여점 주인은 스쿠터를 처음 탄다는 내 말을 농담으로 생각하고 믿지 않았다. 스쿠터가 유아차와 자전거와 쇼핑카트를 대신하는 나라에서는 서른이 넘도록 스쿠터를 못 타는 남자를 이해하기 어려웠을 것이다. 그는 웃으며 내게 키를 넘겨주었다가 내가 1단 기어를 넣고는 앞바퀴가 들리도록 거칠게 달려나가자 두 손을 내저으며 나를 쫓아왔다. 스톱, 스톱. 스토오오오옵. 울컥거리며 간신히 혼다를 세우자 그는 그제야 진지하게 내게 운전법을 가르쳐주었다.

이번에 받은 스쿠터는 그때보다는 작동법이 쉬웠다. 버튼을 누르면 시동이 걸렸고 오토매틱 미션이어서 그때처럼 발로 조작할 필요가 없었다. 나는 해변도로를 달려본 후, 주유소에 가서 기름을 넣고는

마케다 거리의 스쿠터 행렬

바로 우리가 묵고 있는 아파트로 달려와 아내를 불렀다.

"얼른 내려와. 섬을 달려보자고."

아내는 푸껫에서도 처음 스쿠터를 운전하는 남편 뒤에 날름 올라 탄 사람이다. 아내를 태우고 신나게 달리던 나는 어느 가파른 언덕에 서 기어를 다시 낮추지 못해 멈춰서고 말았다. 기어를 올리는 법을 배 웠지만 내리는 법은 안 배웠던 탓이었다. 지나가던 태국 젊은이가 도 와주지 않았으면 언덕을 넘을 때까지 그것을 끌고 가야 했을지도 몰 랐다. 아내는 아마도 가다가 멈춰서는 스쿠터에는 다시 올라타고 싶 지 않았겠지만 그것 말고는 그 땡볕에 호텔로 돌아올 마땅한 수단이 없었다. 우리는 다행히 아무 사고 없이 돌아왔다. 그러나 그뒤로는 나 도, 아내도 스쿠터를 빌리지 않았다.

아내는 헬멧을 받아 쓰고 내 등뒤에 앉았다. 불안한 기색이 역력했 다. "작동법은 다 배웠어?" "그럼, 이건 아주 쉬워."

아내와 나는 리파리 중심가를 벗어나 해안도로를 따라 북쪽으로 달렸다. 짧은 터널을 지나자 칸네토해변이 펼쳐졌다. 철 지난 멕시코 해변 같은 분위기. 원색의 파라솔이 드문드문 펼쳐져 있었고 그 아래 붉은 피부를 노출한 백인들이 바다표범들처럼 드러누워 있었다. 몇 대의 스쿠터가 요란한 소리를 내며 자신만만하게 우리를 추월해갔 다. 햇빛은 대단했지만 바람은 시원했고 어디까지라도 달릴 수 있을 것 같았다.

우리는 칸네토해변을 지나 산으로 올라붙었다. 흑요석을 캐는 채

석장을 지나는 도로였다. 이 섬과 역사를 함께해온 곳이었다. 아무도 선탠 같은 것을 하지 않던 시절에도 사람들은 흑요석을 캐러 이곳으로 왔다. 채석장은 눈이 내린 것처럼 하얘서 거인이 먹다 버린 아이스크림처럼 보였다. 채굴된 흑요석은 해변 쪽으로 천천히 흘러내리고 있는 것 같았다. 산호초가 있는 옥색의 바다 위로 무심한 잔교가 길게 뻗어 있었다. 입을 벌린 배가 섬에서 채굴한 광석을 싣기 위해 기다리고 있었다.

채석장의 허리를 위태롭게 감아돌아가는 길은 영화 〈페드라〉에서 주인공이 절망적으로 질주하던 도로를 닮았다. 우리의 스쿠터는 금잔화들이 핀 메마른 산록을 지나 아래로 내려갔다. 중장비들이 버려진 황폐한 해안이었다. 우리처럼 스쿠터를 타고 온 젊은 배낭여행자들이 비치타월을 펼쳐놓고 조약돌이 깔린 바닷가에 누워 있었다. 캄포비안코라는 이름의 해수욕장이었다.

우리는 스쿠터를 돌려 리파리 중심가로 돌아왔다. 해가 뉘엿뉘엿 산 너머로 지고 있었다. 지는 해를 보려면 산을 넘어가야 했다. 나는 아내를 내려주고 혼자 산으로 향했다. 스쿠터는 구불구불한 가파른 경사로를 끈질기게 올라붙었다. 불과 십 분도 지나지 않아 나는 홀연 낯선 풍경 속으로 들어가고 있었다. 지중해의 산은 바다와 완전히 다르다는 것을 나는 그때 알았다. 깊고 위태로운 협곡, 산등성이를 넘지 못해 헐떡이는 구름, 능선을 따라 펼쳐진 포도밭과 케이퍼밭이 있었다. 안개 속에서 맞는 바람은 차고 축축했다. 구름 사이로 멀리 리파

리 중심가의 성채가 장난감처럼 보였다. 관광객도 없었고 거친 손의 농사꾼만이 낯선 스쿠터를 힐끔거리며 지나갔다.

한때 온천이 있었던 듯 'Acquacalda(뜨거운 물)' 같은 지명들이 보였고 목욕을 좋아했던 로마인들이 지은 욕탕의 유적도 있었다. 온천수로 덥히던 유한한 육체들은 이미 썩어 저 땅속에 깊이 묻혀 있을 것이었다. 포도와 꿀, 케이퍼를 재배하는 농가들을 지나 무심히 섬의 고지대를 주유하다가 나는 브레이크를 밟아 스쿠터를 멈추었다.

섬의 서쪽 사면을 타고 더 높은 곳으로 올라가다가 문득 고개를 돌리자 실로 장엄한 풍경이 갑자기 나타났다. 깎아지른 절벽 너머로 불카노섬이 보였는데 아이맥스 화면으로 보는 것처럼 생생하고 또렷했다. 두 섬을 갈라놓은 해협으로 수중익선과 요트가 지나가고 있었고 태양이 바다에 드리운 붉은 기운이 마치 폭포처럼 선박들을 자기 쪽으로 유인하고 있는 것 같았다. 구름들이 절벽을 스쳐 해협을 통과하며 붉은 지평선을 향해 몰려갔다. 나는 카메라를 꺼내 셔터를 눌러보았지만 그 어떤 이미지도 내가 본 것들을 제대로 담아내지 못했다. 디지털카메라의 2.5인치 액정에 담긴 해협과 절벽, 불카노의 풍경은 빛바랜 관광엽서처럼 식상하고 진부한 것이었다. 그러나 스쿠터를 타고 달려와 맞이한 풍경은 그렇지 않았다.

나는 이미 그것의 일부였다. 수백만 년 전 내 발밑 저 깊은 곳에서 시작된 지각변동이 이 섬과 저 건너의 불카노를 만들었다. 지도만 보고 작다고 무시했던 섬이었다. 그러나 작고 보잘것없는 것은 바로 나였다. 그리고 그런 자각이 내게 상상하지 못했던 쾌감을 주었다. 그리스인들이 내가 서 있는 바로 여기에 서서 이 괴상한 섬을 만든 신을 상상한 것은 자연스런 행동이었다. 외눈박이 거인들이 해협을 지나가는 선량한 선원들에게 집채만한 돌을 던진다고 믿은 것도 마찬가지였다. 협곡의 곳곳에는 어디서 굴러왔는지 알 수 없는 바위들이 옹기종기 모여 있었다. 현대의 나는 고대 그리스인들과는 달리 그것이 화산활동의 결과임을 알고 있다. 그러나 알고 있다고 해서 그 경외감이 사라지는 것은 아니다. 나는 곧 이 세계의 먼지로 사라질 것이나 내가 서 있는 이 불안정한 화산도와 해협, 뜨거운 바다는 오래도록 남아 전설을 생산하리라. 그런 생각을 하고 있는 내내 구름들이 몰려왔다가 바다 위로 흩어졌다.

리파리는 두 얼굴의 섬이다. 잠깐 왔다 가는 관광객에게 보여주는 얼굴과 오래 남아 사랑하는 사람에게 보여주는 얼굴이 있다. 리파리의 숨은 얼굴을 보기 위해선 두 가지 옵션이 있다. 부유하다면 요트를 빌려 바다로 나아갈 수도 있을 것이다. 느긋하게 섬을 한 바퀴 돌면서 수만 년의 지각변동이 만들어낸 아찔한 절벽과, 하도 삭막하여 차라리 아름다운 희고 메마른 채석장, 비치파라솔이 즐비한 해수욕장을 요트의 갑판 위에서 감상하는 방법이다. 지중해의 햇볕에 얼굴이 그을린 선원들이 만들어주는 파스타를 얻어먹을 수도 있을 것이다. 그러나 그보다 훨씬 저렴하고 멋진 옵션은 역시 귀엽고 깜찍한 스쿠터를 빌리는 것이다. 햇볕에 달궈진 뜨거운 안장에 엉덩이를 얹고 총 연

리파리의 해안절벽

장 10여 킬로미터밖에 안 되는 해안도로를 질주하거나 산으로 올라 붙는 것이다.

나름 번화한 리파리 중심가를 벗어나 조금만 올라가면 깊은 협곡을 피해 발달한 작고 아름다운 마을들과 포도밭, 레몬나무, 드문드문 서 있는 올리브나무 그리고 사이프러스를 만날 수 있다. 화산의 폭발로 만들어진 지형은 마치 판타지영화를 보는 것 같다. 그러나 무엇보다도 스쿠터를 타고 질주하는 순간의 달콤한 고독을 나는 아마 오래도록 잊지 못할 것이다. 스쿠터를 타고 풍경 속으로 들어가는 여행자는 안과 밖이 통합되는 경험을 하게 된다. 풍경은 폐부로 바로 밀고 들어온다. 그 순간의 풍경은 오직 나만의 것이다. 저 아래 까마득한 해안가 ATM에서 현금을 인출하는 신중한 관광객들을 내려다보며 고개를 숙이고 절벽을 향해 달려나갈 때, 비로소 나를 이 섬에 데려온 이유, 여기 오기 전까지 자기 자신마저 미처 깨닫지 못했던 진짜 이유를 발견하게 되는 것이다.

어느새 능선 위로 해가 넘어가고 사위가 어두워지기 시작했다. 나는 스쿠터를 몰아 중턱에서 숨을 고르는 안개 속으로 몸을 던졌다. 상쾌한 습기가 얼굴에 감겨들었다. 안개를 뚫고 해발고도 제로의 아파트로 돌아오자 아내가 이제 오냐며 반색을 한다. 불과 몇 시간 전까지도 우리는 한 스쿠터에 앉아 같은 풍경을 보고 있었다. 그런데 이제는 마치 낯선 사람처럼 서먹했다. 아내도 그렇게 느꼈는지 내 표정을 살피며 조심스럽게 물었다.

"산 위에 뭐가 있어?"

글쎄, 산 위에는 뭐가 있었을까? 포도밭, 절벽, 바위들과 금잔화, 레몬이 열리는 나무와 농부들, 트랙터 같은 것들. 나는 그런 것들을 주절주절 이야기했고 카메라에 담아온 이미지들을 보여주었다. 아내는 별다른 감흥이 없는 눈치였다. 그럴 수밖에 없을 것이다. 어떤 풍경은 그대로 한 인간의 가슴으로 들어와 맹장이나 발가락처럼 몸의 일부가 되는 것 같다. 그리고 그것은 다른 사람에게 가볍게 전해줄 수 없는 그 무엇이 되어버린다. 그런 풍경을 다시 보게 될 때, 우리 몸의 일부가 갑자기 격렬히 반응한다 해도 이상한 일은 아닐 것이다.『기생수』라는 만화에서 외계의 생물이 지구인인 주인공의 일부, 정확히 말하면 오른손이 되어 살아간다. 그렇듯, 풍경의 장엄함도 우리 몸 어딘가에, 그 자체의 생명을 가진 채 깃든다고 믿는다.

이십대의 나는, 자연이 만든 것보다 인간이 만든 것에 더 끌린다고 자신만만하게 말하고 다녔다. 나는 인간이 그린 그림과 인간이 지은 책과 음악, 건축물을 사랑했다. 자연? 보고 있으면 머릿속이 텅 비어버리는 것 같아요. 아무 생각도 안 난다고요. 한 선배 시인이 나를 향해 이렇게 일갈했던 것을 나는 기억하고 있다. "이봐, 그런 말, 너무 부도덕하잖아." 무슨 소린지 전혀 이해가 되지 않았다. 술에 취해서 하는 말인가? 그런데도 그 말은 이상하게 오래 뇌리에 남았다. 인간이 만든 것을 더 사랑하는 것이 어째서 부도덕하단 말인가? 그것은 태도가 아니라 취향의 문제가 아닌가? 그러나 지금 생각해보면 그 시인은 아마도 내가 오만하다고 말하고 싶었던 것 같다. 자연에 대해 품어야 할 마땅한 경외가 결여된 것은 그에게는 비윤리적이기까지 한 태도로 보였던 것 같다.

"스쿠터 타고 산에 갔다 오더니 말이 없네?"

아내가 싱글거리며 유리잔에 와인을 따라주었다.

"한번 같이 가자."

"그러자."

나는 붉은 와인을 홀짝이며 집 앞에 세워둔 뚱뚱하고 귀여운 스쿠터를 생각하고 있었다. 그것은 아직도 뜨거운 숨을 몰아쉬며 땀을 흘리고 있을 것이었다. 그러고 보니 스쿠터란 어딘가 나귀를 닮은 기계였다. 어쩌면 오늘 다녀온 길도 과거에는 고집 센 나귀들만 다닐 수 있는 길이었을 것이다.

비토리오에마누엘레 거리에서 결혼식 피로연중인 신랑과 신부

리파리의 한 골목 식당

 메시나행 배는 오전 열시 사십오분에 떠날 예정이었다. 아침에 일어나 오랜만에 짐을 쌌다. 그동안 밥을 해먹으며 생긴 살림들이 있었다. 식칼과 도마, 올리브유와 파스타면, 간장과 쌀, 고무장갑은 모두 놓고 가기로 했다. 다음에 올 여행자에게 도움이 될 것이었다. 가지고 가기로 한 것은 후추뿐이었다. 한국에서 흔히 볼 수 있는 검은 후추가 아니라 흰 후추pepe bianco였다. 페페는 우리가 머물고 있는 집 아래에 와서 낮잠을 자는 고양이 이름이기도 했다. 페페는 슬그머니 자기 집을 나와 우리 아랫집 탁자나 화분에서 낮잠을 자는 버릇이 있었다. 덩치 큰 주인이 "페페, 페페" 하고 외치며 자기를 찾으러 나오면 못 이기는 척 몸을 일으켜 주인에게 몇 발자국 가다가 더는 못 가겠다는 듯 발길을 멈춘다. 그러면 주인은 예뻐 죽겠다는 표정으로 뚱뚱한 페페를 안아들고 집으로 돌아간다. 그리고 잠시 후면 다시 밖으로 나오고 싫어하는 페페의 울음소리가 희미하게 들리기 시작한다.

리파리는 고양이들의 천국이었다. 마을 사람들은 길고양이를 위해 신선한 물을 담은 그릇을 문밖에 내놓았고 성당 앞에는 먹이가 준비돼 있었다. 인간을 두려워해본 적이 없는 어린 고양이들이 배를 드러낸 채 길바닥에 발라당 누워 제 발을 핥고 있었다.

짐을 싸고 동네 사람들에게 작별인사를 하러 갔다. 제일 먼저 찾아간 곳은 날마다 들르던 생선가게였다. 마침 부자가 다 가게에 있었다. 오늘 떠난다고 말하고 그동안 맛있는 생선과 해물 고마웠다고 감사를 표하자 프란체스코 할아버지가 생선을 다듬던 오른손을 내밀며 악수를 청해왔다. 혹시라도 내가 자기 손을 덥석 잡을까봐 주먹을 꼭 쥔 채였다. 나는 그의 손목을 쥐고 악수를 했다. 험상궂게 생긴 아들과도 인사를 나눴다. 마치 가까운 형제가 멀리 외국에라도 나가는 것처럼 애절하고 한편 요란한 이별이었다. 나는 전혀 기대하지 않았던 그들의 따뜻한 배웅에 문득 마음이 울컥하여 괜히 더 수선스럽게 떠들어댔다.

과일가게에서도 비슷한 장면이 이어졌다. 과일가게의 프란체스코 역시 평소에는 좀 뚱해 보이는 인상이었지만, 내가 오늘 리파리를 떠난다고 하자 생선가게의 프란체스코 못지않게 아쉬워했다. 가게를 보는 그의 누이와 남동생도 모두 가게 밖으로 나와 인사를 나눴다. 그들과 헤어져 돌아오는 길에 나는 관광객 하나 찾아오지 않을 리파리의 쓸쓸한 겨울을 생각했다. 어쩌면 이 따뜻한 5월, 사람들이 몰려오

는 5월이 오기까지 그들은 반년도 넘게 '모두가 모두를 아는 리파리'를 견디며 살고 있었을지도 몰랐다. 지중해에서는 겨울을 같이 나야 비로소 이웃으로 인정해준다는 말이 있다. 리파리 사람들의 일견 무뚝뚝한 표정 저편에는 사람을 그리워하는 마음이, 에올리에제도 지하의 용암처럼, 맹렬하고 뜨겁게 잠복해 있을지도 몰랐다.

짐을 끌고 부두로 나오자 스쿠터를 빌려주었던 남자가 인사를 하고 지나갔고 집주인 빌리니 씨는 배에 오르는 잔교까지 따라와 우리를 환송해주었다. "안녕Adios"이라고 말하자 택시기사 빌리니 씨는 고개를 저으며 "안녕이라고 하면 안 되지. 다시 만나자Arrivederci"라고 말했다. 우리는 환하게 웃으며 헤어졌다.

리파리에서 경험한 이 이별은 나로서는 거의 경험해보지 못한 낯선 행복이었고 그것은 그후로 이어질 힘든 여행을 달갑게 견딜 수 있는 힘이 되었다. 리파리를 떠난 지 한참이 되었지만 아직도 생선장수 프란체스코 할아버지가 눈물을 글썽이며 조심스레 내밀던 젖은 주먹을 떠올리면 마음 한구석이 뜨거워지고 다시 리파리로 돌아가고 싶어진다.

저격수는 멈춰 있는 대상을 노린다.
껌을 질겅질겅 씹으며 표적을 지켜보다
조용히 한 방.

향수 역시 머물러 있는 여행자를 노린다.

이 부드러운 목소리의 위험한 저격수를 피하기 위해
신중한 여행자는 어지럽고 분주히 움직이며
향수가 공격할 틈을 주지 않는다.

방심한 여행자가 일단 향수의 표적이 되면
움직이기 어려워진다.

그럴수록 그는 더더욱 한곳에 머물러 있고자 하며
마냥 깊은 우물만 들여다보고자 한다.
그 속에 자기가 찾는 모든 것이 있다는 듯이.

그러나
세상의 모든 우물이 그렇듯
그곳은 비어 있다.

메시나에서 고속도로를 타고 시라쿠사 방면으로 남하하면 한 시간도 안 돼 타오르미나에 도착하게 된다. 어지럽게 감아도는 나선형의 도로를 따라 가파른 절벽으로 올라가면 갑자기 차 한 대만 간신히 지날 수 있는 좁은 골목들로 이뤄진 도시가 나타난다. 그게 타오르미나다.

타오르미나는 애초에 요새로 설계된 도시다. 절벽과 성채가 도시를 보호하고 있다. 기어코 살아남겠다는 절박한 의지를 토목과 건축으로 완성한 도시라고 할 수 있다. 도시의 등뒤에는 해발고도 3329미터(화산활동으로 고도는 계속 변하고 있다)의 에트나화산이 버티고 서 있으며 깎아지른 절벽 아래로는 지중해가 펼쳐져 있다. 두 개의 만을 좌우로 굽어볼 수 있는 높은 고지에 건설된 도시를 거닐다 문득 위를 올려다보면 까마득히 높은 산정에 사라센인들이 지은 또다른 성채가 마치 음산한 샹들리에처럼 도시를 굽어보고 있다.

타오르미나의 거리에선 메두사의 형상을 빌려 시칠리아를 표현한 도자기나 그림 들을 자주 보게 된다. 시칠리아인들은 왜 이 괴물에게 자신들의 모습을 투영한 것일까? 신화 속의 메두사는 원래 아름다운 소녀였다. 그러나 아테나 여신상 앞에서 바다의 신 포세이돈과 사랑을 나누었고 이에 격분한 아테나 여신의 저주로 흉악한 괴물로 변해버린다. 타오르미나의 아침, 절벽 위의 숙소에서 바다를 내려다보면 왜 시칠리아 사람들이 메두사를 자신들의 상징으로 삼았는지가 분명해진다. 그들은 바다와 사랑에 빠졌고 그것 때문에 저주를 받은 것이다. 그 저주로 인해 메두사를 보는 모든 사람은 돌로 변해버리게 된다. 타오르미나는 바로 그 돌들로 만들어진 것 같은 도시다. 사방에 기암절벽이요, 모든 아름다운 것들은 다 돌로 만들어져 있다.

한편, 타오르미나는 좁은 골목으로 이루어진 도시다. 차 한 대가 겨우 지나갈 만한 길, 건장한 남자 둘이 어깨를 부딪치지 않고는 지나가기 어려운 길들로 도시 전체가 빽빽하다. 유럽에는 이런 도시들이 더러 있다. 예를 들어 스페인의 톨레도가 그렇다. 일조권 같은 것이 사치이던 시절에 지어진 도시들이다. 생존만이 최고의 가치이던 시대, 사람들은 살아남기 위해 성 안으로 비집고 들어와 살았다. 서울이나 부산에도 피난민들이 모여 살던 곳들은 어디나 여기와 비슷한 느낌을 준다. 골목 어디에나 자동차가 주차돼 있는 곳에서 온 나 같은 여행자는 골목에 차가 없는 것만으로도 마음이 얼마간 푸근해지는

타오르미나와 에트나화산

것을 느낀다.

그러나 현재의 타오르미나에서 예전의 그 강렬한 생존의 의지 같은 것을 찾아보기는 어렵다. 이제 이곳의 주인은 관광객들이다. 전 세계에서 몰려드는 관광객들이 원하는 것을 제공하기 위해 관광지들은 모두 서로 닮아가고 있다. 이 도시도 예외는 아니다. 마음이 헤퍼진 관광객들의 지갑을 노리는 명품숍들이 줄줄이 늘어서 있다.

타오르미나의 중심가는 움베르토1세 거리인데 끝에서 끝까지 관통하는 데 걸어서 십 분도 채 걸리지 않는다. 거리의 동쪽 끝은 그리스극장으로 이어진다. 가벼운 마음으로 산책하듯 올라가다가 깜짝 놀라 멈춰선다. 도시의 작은 규모에 어울리지 않는 실로 엄청난 규모의 극장이 눈앞에 펼쳐지기 때문이다. 바위를 깎고 돌을 쌓아 건축한 이 극장은 무대 뒤로 지중해가 그리스비극의 무대배경처럼 펼쳐지며 그 위로는 아직도 분화구에서 연기를 뿜는 에트나화산이 보인다. 마치 전능한 누군가가 섬을 시찰하다가 음, 여기가 극장으로는 최적이로군, 여기다 극장을 지어야겠어, 라고 결정한 것 같은 위치다. 그것은 또한 갑자기 부유해진 현대의 어느 중산층 가장의 모습을 연상시키기도 한다. 큼직한 집을 사고 거실의 가장 좋은 위치에 대형 평면 텔레비전을 들여놓는 우리 시대의 남자, 혹은 여자 들처럼 그리스인들은 안전한 도시를 건설한 후에는 즉각적으로 극장의 건설을 시작했다. 제대로 된 도시에는 멋진 극장 하나쯤은 필요하다는 듯이. 그리고는 저녁마다 지금의 움베르토1세 거리를 걸어 그리스극장으로 올

150

움베르토1세 거리

그리스극장에서 내려다본 지중해

라가 한 편의 희극 혹은 비극을 관람하고 삼삼오오 몰려내려오며 그것을 비평하였을 것이다. "오늘의 〈오레스테이아〉는 실망이야"라든가 "메데이아 역을 맡은 배우는 정말 일품이었어. 시라쿠사 출신이라지?" 같은 이야기들을 나누며 집으로 돌아가 잠이 들었을 것이다.

타오르미나에서 그런 상상력을 발휘하는 것은 어렵지 않다. 도시는 그리스인들이 처음 건설한 모습에서 크게 달라지지 않았고, 그들이 걸었던 바로 그 길을 따라 걸으며 그들이 보았던 것을 지금도 그대로 보기 때문이다. 지금도 타오르미나의 그리스극장에서는 매년 연극제가 열려 전 세계에서 드라마를 사랑하는 관객들을 불러모은다. 그리스 이외의 지역에서 그리스연극을 거의 원형대로 공연하는 곳은 현재로서는 시칠리아밖에 없다고 한다. 그뿐만 아니라 그리스연극을 이천 년 전 공연된 세팅 그대로 볼 수 있는 지구상에서 몇 안 되는 지역이기도 하다.

이야기로 밥을 먹고 사는 사람의 하나로서 타오르미나의 그리스극장의 돌계단에 앉아 무대 너머의 광활한 지중해를 바라보고 있노라면 나도 모르게 숙연해진다. 마음을 울리는 이야기를 더 생생하게 보고 듣기 위해 그리스인들은 바위를 깎고 무거운 돌을 져 날랐다. 배우의 목소리가 잘 들리도록 객석의 각도를 조심스럽게 설계하고 섬세하게 무대장치를 만들었을 것이다. 상업으로 부를 쌓은 중세 유럽의 도시들이 신의 영광을 상징하는 고딕성당을 건설했다면, 바다를 건너온 그리스인들은 자기들이 보고 즐거워할 극장을 지었던 것이다. 중세의 기독교도들이 자기 자신을 위한 즐거움에 인색했던 것과는 대조적으로 그리스인들은 이야기가 주는 기쁨과 감동을 잘 알고 있었고 그것을 얻기 위해 노력하는 것을 당연하게 생각했다. 이야기 자체는 무형이지만 그것은 사람들을 움직인다. 자발적으로 힘과 돈을 쓰게 만든다.

지난겨울의 타오르미나는 관광객이 거의 없어 고적했다. 그러나 그 덕분에 좀더 원형에 가까운 모습을 볼 수 있었다. 도시의 지세와 앉음새가 훨씬 잘 보였고 골목들의 기울기도 입간판에 가리지 않아 더욱 선명하게 가팔랐다. 그러나 6월에 다시 찾은 타오르미나의 거리는 여러 언어를 사용하는 관광객들로 붐볐고 그리스극장에서는 공연을 위한 준비가 한창이었다. 음향효과를 위해 무대 뒤편을 막아놓은 반쯤 무너진 코린트식 원주 사이로는 파란 지중해 대신 합판으로 만든 가림막만 보였다.

기념품가게에는 영화 〈대부〉의 말런 브랜도의 얼굴을 담은 티셔츠가 걸려 있었다. 적어도 타오르미나의 티셔츠 업계에서는 말런 브랜도가 체 게바라를 능가하고 있었다. 타오르미나에 유난히 말런 브랜도 티셔츠가 많은 이유는 근처에 〈대부〉 시리즈의 시칠리아 부분을 촬영한 촬영지가 있기 때문이었다. 마이클 코를레오네는 아버지 돈 코를레오네를 공격한 자들에게 복수하고 시칠리아로 몸을 피한다. 마이클 코를레오네는 형제들 중에서 가장 유약한 자였고 마피아의 대부가 되기에 가장 부적절한 인물이었다. 말하자면 그는 평범한 미국인으로 살고 싶어했던 사람이다. 그래서 해군에 입대해 장교가 되었고 제2차 세계대전에도 '미국인의 일원'으로 참전했다. 앵글로 색슨계 여자친구에게 가족의 더러운 사업에 절대로 손을 담그지 않겠다고 약속한 인물이다. 그러나 결국 그는 아버지의 복수를 결행하게 된다. 마이클이 식당으로 들어가 화장실에 숨겨둔 총을 찾아 적을 암살하는 장면은 인상적이다. 훗날 많은 영화들이 이 장면을 참고하게 되는데, 주윤발이 등장하는 80년대의 홍콩영화들에서도 그 흔적을 발견할 수 있다.

뉴욕 마피아의 살벌한 세계를 추적하던 카메라는 마이클의 도피와 함께 갑자기 시칠리아의 목가적 세계를 느긋하게 보여준다. 여기에서 마이클은 시칠리아 여성과 사랑에 빠진다. 뉴욕에서 태어나 시칠리아를 한 번도 본 적이 없는 마이클은 여기에서 처음으로 자신이 어디에서 왔는지를 깨닫게 되고 평온과 안식을 얻는다. 자기 아버지와 삼촌, 숙모 들을 닮은 사람들이 살고 있는 곳이다. 같은 방언을 쓰고 같은 음식을 먹는 사람들이 살아가는 곳이다. 그러나 달콤한 휴식은 오래가지 않는다. 경호원이 슬금슬금 달아나는 가운데 아내가 승용차에 올라 시동을 걸자 차량은 폭발한다. 순진한 시칠리아 연인이 마이클을 대신해 목숨을 잃은 것이다. 그것은 마이클이 가혹한 세계에서 도피한 죄, 감히 평온과 휴식을 누린 죄로 말미암아 빚어진 일이기도 하다. 다시 말해 그것은 마이클이 자기 운명에서 제 마음대로 벗어나려 했기 때문에 '용서를 모르는 신'이 경고를 한 것이라 할 수 있

다. 사랑하는 이를 잃은 마이클은 시칠리아를 떠나 뉴욕으로 돌아온
다. 그리고 한 발 한 발 대부의 길, 그가 그토록 피하고자 했던 더러운
길로 걸어가게 된다.

이천여 년 전 그리스비극을 상연하던 타오르미나의 반원형극장
에서 〈대부〉를 떠올리는 것은 흥미로운 경험이다. 왜냐하면 20세기
후반에 만들어져 공전의 대히트를 기록한 이 3부작이 얼마나 그리
스비극의 세계와 가까운 것인가를 새삼 깨닫게 되기 때문이다. 아가
멤논을 둘러싼 복수의 연쇄를 다룬 〈오레스테이아〉 3부작은 끊임없
이 〈대부〉를 환기시킨다. 그리스문명의 영향 아래 놓여 있는 세계에
서 복수는 끝없이 이어진다. 아버지의 복수는 아들에게 이어지고 그
것은 다시 저주로 부활한다. 〈대부〉 3부작에서 똑똑하고 유능한 2대
대부인 마이클이 마침내 발견하게 되는 것은 인간은 결코 운명을 이
길 수 없으며 복수의 신은 용서를 모른다는 것이다. "아무리 제삿술
을 부어올려도 용서를 모르는 신의 미움을 달래지 못하리"라고 노래
하는 음산한 그리스비극의 코러스는 〈대부〉에서도 메아리친다. 마이
클은 복수의 의무(혹은 권리)가 자신에게 있으며 이것에서 벗어날 수
없다는 것을 깨닫게 된다. 마이클은 가족을 지키기 위해 수많은 살인
을 교사하지만 결국 그 살인의 대가로 자신 역시 사랑하는 가족을 잃
는다. 그것은 그의 아버지 돈 코를레오네가 겪은 일이기도 하고 어쩌
면 수천 년간 시칠리아 사람들이 반복한 일이기도 할 것이다.

복수에 관한 이런 연상은 지중해의 한쪽 구석, 발칸반도의 어두운

기념품상점의 〈대부〉 티셔츠

타오르미나의 4월 9일 광장

옆구리, 알바니아 출신의 한 작가에게로 뛴다. 이스마일 카다레다. 현재 프랑스에서 주로 활동하고 있는 이 알바니아 작가의 대표작『부서진 4월』에서는 알바니아 산악지역에서 수천 년간 계속돼온 복수의 연쇄가 등장한다. 어느 날 한 소년은 자기 차례가 돌아왔다는 것을 알게 된다. 어떻게 시작됐는지도 알 수 없을 정도로 오래된 사건이 야기한 복수극으로 양쪽 가문에서는 이미 성인 남자의 씨가 마른 상태다. 그래서 아직 솜털이 보송보송한 어린 주인공이 총을 잡고 복수에 나서야 하는 상황이 된 것이다. 자기 차례가 왔다는 것을 알게 된 복수의 주인공은 자기가 죽여야 할 사람이 누구인가를 전해듣는다. 그는 바로 직전의 복수를 완수한 적의 일원이다. 복수를 완수한 사람은 상대편에게 복수의 기회를 주지 않으려 탑에 틀어박힌다. 그가 탑에서 나오지 않는 한, 그를 죽이는 일은 거의 불가능하다. 그러나 그가 살아 있는 한, 복수는 끝나지 않는다. 소년은 탑 근처에 매복한 채 그가 나오기만을 하염없이 기다린다. 그러면서 소년은 탑에 갇힌 사람에 대해 생각한다. 그는 자신이 곧 겪을 운명을 먼저 겪는 사람이다. 만약 복수에 성공한다면 소년 역시 탑에 들어가 남은 생을 보내야 할 것이다. 이 주인공과 한때 똑같은 운명에 처한 바 있는 살만 루슈디 역시 자연스럽게 떠올리게 된다.

살만 루슈디는 소설 속에서 예언자 마호메트를 모욕했다는 이유로 이란의 종교지도자인 호메이니로부터 사형선고를 받았다. 1989년 2월 14일 라디오테헤란 방송을 통해 모든 무슬림들에게 루슈디를 제거하라는 파트와(종교칙령)가 내려졌다. 그 직후부터 루슈디는 자신만의 탑에 갇혔다. 호메이니가 사망한 후에도 파트와는 취소되지 않았다. 누구도 호메이니가 내린 파트와를 감히 건드릴 수 없었기 때문이었다. 루슈디의 사형선고는 영원히 취소되지 않을 수도 있었다. 1998년에 개혁파인 모하마드 하타미 대통령이 암살자를 보내지 않겠다고 선언하지 않았다면 말이다. 루슈디는 영국 정보당국의 보호를 받는 '탑'에서 『무어의 마지막 한숨』을 썼다. 소설의 주인공은 다른 사람보다 두 배의 속도로 빨리 늙어가는 병에 걸려 있다. 그는 무어인들의 고향인 스페인 남부에서 자기에게 내려진 저주의 근원을 찾아 그것을 글로 쓰고 있는 중이며, 이 인물은 유폐된 채 소설 쓰기를 통해 자신에게 다가오는 죽음의 운명과 대결하고 있는 작가 자신을 연상시킨다.

나는 〈오레스테이아〉를 대학의 선생이던 시절, 한국예술종합학교 연극원 극장에서 처음으로 봤다. 교수 중 한 사람이 연출하고 연기과 학생들이 출연하는 정식 레퍼토리 공연이었다. 연극원 선생 시절의 큰 즐거움 중의 하나는 학교에서 올리는 공연을 아주 좋은 자리에서 볼 수 있다는 것이었다. 연극원의 공연은 수준이 높은 편이고 입장료도 없어서 근방에서 인기가 많았다. 5회 정도를 올리는 레퍼토리 공연은 공고가 나가는 즉시 매진되곤 했다. 하지만 교수인 경우에는 예약 없이 가도 학생들이 좋은 자리를 마련해주었다. 연구실에서 글을 쓰다 슬리퍼를 끌고 내려가 가벼운 마음으로 연극을 볼 수 있다는 것은 멋진 일이었다.

레퍼토리 공연은 희곡의 정전이라 할 수 있는 그리스비극과 셰익스피어, 근대 한국의 대표적 극작가들의 작품을 주로 올렸다. 〈오레스테이아〉도 학생들에게 그리스비극의 세계를 경험케 하기 위해 준비한 공연이었다. 딸까지 제물로 바친 끝에 길고 지난한 트로이전쟁에서 마침내 이기고 집으로 돌아오는 아가멤논, 그러나 그를 죽이려는 부정한 아내, 클리템네스트라. 정부와 함께 아버지를 살해하고 그 피에 젖어 기뻐하는 어미를 죽일 수밖에 없는 아들 오레스테스. 동생과 함께 복수에 가담하게 되는 딸, 엘렉트라. 그런데 이 모든 것은 아가멤논의 조상이 지은 죄에 내려진 저주로부터 비롯된 것이었다. 죄는 저주를 부르고, 저주는 복수로, 복수는 또다른 복수로 끝없이 이어진다.

이제 갓 스물을 넘긴 연기과 대학생들이 이런 무거운 인물들을 연기하는 것은 사실 역부족이다. 아무리 훌륭한 연출가가 붙어도 그렇다. 하지만 그럼에도 불구하고 학생들이 연기하는 그리스극을 보는 맛은 따로 있다. 장황한 그리스 운문을 번역한 부자연스런 한국어 대사, 인물의 내면을 제대로 이해하지 못한 연기, 코러스와 대사의 부조화 때문에 관객들은 극 속으로 결코 깊이 빠져들지 못한다. 브레히트가 말한 '소외효과'가 여기에서 이상한 방식으로 달성된다. 〈오레스테이아〉를 보는 내내 나는 연극이 촉발한 딴생각들에 사로잡혀 있었다. 복수란 무엇인가, 가족사의 비극들은 어떻게 순진한 한 인간을 파괴하는가, 그리스비극에 있어 코러스의 효과는 무엇인가, 김수현의 TV 드라마들과 〈대부〉와 그리스극의 공통점은 무엇인가 같은 잡념들에 빠져 있었던 것이다. 그러면서 이런 식의 연극관람도 또하나의 흥미로운 관극방식임을 알게 되었다. 그러나 기원전 5세기의 아이스킬로스는 나 같은 유형의 관객은 아마 상상조차 하지 않았을 것이 분명하다(여담이지만 아이스킬로스 역시 시칠리아의 그리스 도시국가 젤라와 관련이 있다. 그는 은퇴하여 젤라에 살면서 〈오레스테이아〉 3부작을 썼고 거기에 묻혔다. 젤라는 시칠리아 남부, 신전의 계곡으로 유명한 아그리젠토와 시라쿠사 사이에 있다).

타오르미나의 그리스극장에서 나는 이천여 년 전에 자기들이 잘 알고 있는 이야기를, 익숙한 발성의 그리스어로, 그 배경을 굳이 설명할 필요조차 없는 당대의 관객들을 향해 자신 있게 연기했을 배우들을 떠올려본다. 모든 것을 바싹 말려버리는 햇볕과 아프리카에서 불어오는 숨막히는 열풍이 그 위세를 거두고 잠시 물러간 시칠리아의 여름밤, 최고의 배우들이 선보이는 멋진 드라마를 느긋한 마음으로 즐겼을 타오르미나의 관객들을 또한 상상해본다.

시칠리아의 북쪽 해안은 티레니아해에 면해 있다. 높고 험준한 산
들이 해안을 따라 줄줄이 이어져 있다. 해안을 따라 팔레르모에서 메
시나까지 달리는 A20 고속도로는 수없이 많은 긴 터널을 지나간다.
다족류를 닮은 산맥들이 바다를 향해 뻗은 발을 마치 꼬치를 꿰듯 관
통하는 것이다. 비교적 최근에 생긴 도시들이 해안에 자리를 잡은 반
면, 유서 깊은 도시들은 해안에서 조금 떨어진 높은 봉우리 위에 있
다. 이런 도시들에는 어김없이 성벽의 잔해가 남아 있다.

시칠리아 북동쪽은 에트나산을 정점으로 한 험준한 산악지대다.
타오르미나에서 남쪽으로 내려가다 서쪽으로 방향을 틀면 이 지역을
통과하는 지방도로로 접어들게 된다. 처음에는 상대적으로 평탄한
지형을 지나가던 도로는 내륙으로 들어갈수록 가파르게 경사를 높여
간다. 쉼없이 이어지는 커브를 따라 정신없이 핸들을 돌리다보면 어

느새 까마득히 높은 지점까지 올라와 있다. 이쯤이면 되겠지 싶은 구절양장의 도로는 끝없이 이어지며 인적 없는 마을들을 통과해 방목하는 말과 소, 염소 들이 풀을 뜯어먹는 지점까지 올라간다. 운전자마저도 멀미를 느낄 정도의 회전이 쉼없이 계속된다. 잠시 차를 세우고 밖으로 나가면 뜨거운 햇빛이 둔중한 해머처럼 뒤통수를 후려친다. 문짝이 부서진, 용도를 알 수 없는 빈집들이 황량하게 늘어선 비포장 도로에는 소똥 말똥이 바싹 말라붙어 있고 뒤늦게 그 안에 제 알을 낳아놓으려는 쇠파리들이 웽웽웽 금속성의 소리를 내며 맹렬히 날아다닌다. 지나다니는 차도 거의 없다.

이 정도 고도가 되면 올리브나 레몬도 키울 수가 없다. 기원전의 그리스인도, 중세의 노르만인도, 섬에 레몬과 오렌지를 가져온 사라센인도 이 지역에는 아무 관심을 보이지 않았다. 이렇다 할 유적 하나 남아 있지 않다. 지난 몇천 년 동안 세상에 아무 흔적을 남기지 않은 목동들만이 이렇게 높은 곳까지 올라와 살았다. 빼앗길 것이 없으니 성도 쌓지 않았고 보러 올 사람이 없는 극장도 짓지 않았다. 보는 이를 심란하게 만드는 이 삭막하고 메마른 풍경은 시칠리아가 직면하고 있는 현실을 극단적으로 보여준다. 타오르미나나 시라쿠사, 팔레르모가 시칠리아의 화려했던 과거를 드러내는 곳이라면 이 지역은 시칠리아의 메마르고 황량한 삶, 그들의 현재를 날것으로 제시한다. 눈을 크게 뜨고 지방도로를 따라 시칠리아를 여행하다보면 많은 곳에서 이런 모습들을 발견할 수 있다. 마피아가 개입해 함부로 마구 지

아퀘돌치의 황량한 해변

은 콘크리트 건물들, 벽돌공장을 연상시키는 먼지구덩이 마을들, 파라솔 하나만 덩그러니 펼쳐진 자갈밭 해변이 그렇다.

간신히 이 지역을 통과해 티레니아해안으로 나가면 해안을 따라 달리는 113번 도로와 만나게 된다. 이 도로는 굴곡이 심한 해변을 따라 오르락내리락하며 달리다가 늙은이들이 맥없이 앉아 지나가는 차만 바라보는 작은 마을들을 통과하기도 한다. 아퀘돌치도 그런 마을 가운데 하나다. 해가 뜨거운 대낮에는 유령도시로 변하고 길가에는 무표정한 가게들만 보인다. 해변으로 나가는 굴다리를 지나면 작은 성의 잔해가 있지만 굳이 발길을 멈추고 들어가보고 싶지는 않았다. 얼핏 보면 마치 짓다 만 콘도미니엄 같았다. 굴다리를 지나면 해변으로 이어지는 비포장도로가 나온다.

거기에, 사자가 있었다. 갈기를 늘어뜨린 수사자와 귀를 쫑긋 세운 암사자들이 우리에 갇혀 있었다. 난데없는 사자에 놀라 차를 멈추고 둘러보니 서커스가 열린다는 빛바랜 포스터가 주변에 덕지덕지 붙어 있었다. 암사자들은 토끼들처럼 한 우리에 여럿이 들어 있었는데 주변에서 벌어지는 일에 무심한 듯했다. 동네의 소년 소녀 들이 스쿠터를 타고 지나가다 고개를 돌려 사자들을 보고는 다시 거세게 출력을 높여 굴다리를 빠져나갔고, 수사자 한 마리만 좁은 우리 안을 초조히 오가며 밖을 노려보고 있었다.

이 황량한 해변에 사자라니. 마치 살바도르 달리의 그림을 보는 것처럼 초현실주의적인 광경이었다.

빌라니세타 농장 입구와 진입로

빌라니세타 농장

서커스장을 지나 해변으로 나가자 공사장 같은 자갈밭에 타월을 깔고 누워 햇볕에 몸을 그을리거나 바다에 들어가 몸을 적시는 사람들이 보였다. 가게처럼 생긴 것은 하나도 없었고 가끔 차들이 먼지를 날리며 해변과 평행하게 난 길을 따라 달려갔다. 그로부터 며칠 후 보게 될 체팔루의 화려한 백사장의 가장 어두운 버전이라 할 수 있었다. 아퀘돌치를 비롯한 시칠리아의 이름 없는 해변들은, 우리가 바다에서 가장 보고 싶어하지 않는 모습들을 적나라하게 드러내고 있는, 해변의 악몽이라 할 수 있었다. 굴곡 없는 밋밋한 해안선에, 드문드문 서 있는 익명의 차량들, 참을 수 없는 적막감과 의미 없음.

우리는 차를 돌려 바다를 등진 채 내륙으로 향했다. 그날 우리는 빌라니세타라는 목가적인 곳에서 여장을 풀었다. 그곳은 아퀘돌치와는 모든 면에서 정반대인 곳이었다. 멀리 지중해가 내려다보이는 나지막한 구릉에 자리잡은 이곳은 양떼가 줄을 지어다니며 풀을 뜯고 큰 개와 말, 토끼와 햄스터, 비둘기와 오리까지, 그야말로 다양한 축생들이 인간과 함께 어울려 사는 일종의 농장이었다. 농장의 핵심을 이루는 고풍스런 석조건물은 그 자체로 하나의 요새였다. 농장 안에는 작은 예배당까지 있어 정신과 육체 양자의 자족이 가능해 보였다. 배수가 잘되는 구릉에는 올리브와 레몬, 오렌지 나무가 심어져 있었는데 채 수확하지 못한 레몬과 오렌지가 땅에 떨어져 굴러다니고 있었다. 농장의 곳곳에는 로즈메리나 바질과 같은 허브가 심어져 있어 걸어다니기만 해도 기분이 상쾌해졌다. 한마디로 인간은 인간답게,

빌라니세타 농장 식당의 프레스코화

동물은 동물답게 사는 곳이었다.

농장에는 우리보다 먼저 도착한 남자들이 맥주를 마시며 쉬고 있었다. 몰타에서부터 오토바이를 타고 왔다고 했다. 몰타가 오랫동안 영국의 식민지였던 덕에 영어가 유창했다. 남자들은 친근하게 말을 걸어왔다. 그사이 프랑스에서 온 두 명의 남녀는 레몬나무 아래에서 적당히 거리를 둔 채 조용히 자기들만의 대화를 이어가고 있었다. 선남선녀였다. 골초인 남자는 저녁을 먹는 내내 밖을 들락거렸다. 우리는 모두 벽에 프레스코화가 그려진 식당에서 함께 같은 메뉴의 밥을 먹었다. 토니라는 이름을 가진 크고 순한 개가 들어왔다가 주인이 꾸짖자 물러나 문 앞에 벌렁 드러누워 눈을 감았다. 프랑스인 남자가 걸어가 목을 쓰다듬자 개가 눈을 떴다가 다시 감았다.

식당 벽의 프레스코화에는 아이들의 모습이 그려져 있었다. 볼이 통통한 그림 속의 아이들은 오렌지나무 밑에서 장난을 치고 있었다. 그런데 누군가 아이들의 눈을 송곳으로 파놓은 탓에 처음에는 꽤 근사했을 그 프레스코화는 자못 괴기스런 분위기를 자아내고 있었다. 프레스코화는 특성상 덧칠이 불가능하다. 바른 물감이 말라버리면 다시 덧칠한 후 완전히 새로 그리는 수밖에는 도리가 없다. 식당의 창에는 두 팔이 없는 소녀 인형이 밥을 먹는 손님들을 내려다보고 있었다. 그것을 찍고 있자니 농장에서 일하는 여자가 다가와 그 기괴한 인형의 정체가 신부라고 말해준다. 신랑은 간데없이 혼자 서 있는 팔 없는 신부의 인형을 열심히 카메라에 담으며 생각했다. 아름다운 것들을 오래 버려두면 안 된다고.

지적인 풍모의 농장 주인 안토니나는 여유롭고 편안해 보였다. 노아의 방주 같은 농장을 운영하고 작물들을 키우고 매일 우리 같은 낯선 손님을 맞이하는 사람으로는 보이지 않았다. 안토니나의 가족과 함께 농장과 민박, 식당을 돌보는 직원들은 영어를 전혀, 그야말로 단 한마디도 하지 못했으며 이탈리아어조차도 많이 하지 않았다.

농장의 인간들은 말이 없었지만 동물들은 하루종일 이런저런 소리를 내며 돌아다녔다. 아침이면 새들이 요란하게 울었고 밤에는 구릉을 따라 산재한 농장의 개들이 서로를 향해 짖었다. 양들이 방울소리를 내며 메에에, 메에에, 울며 구릉을 오르내렸고 무슨 이유에선지 말들이 히힝거리며 울타리를 따라 돌았다.

인간의 소음이 사라진 밤에는 동물들의 소리가 더욱 크게 들렸다. 그들은 마치 그곳의 주인이 자기들이라고 주장하는 것 같았다. 농장의 밤은 도시의 밤과 다르다. 도시에서는 방의 불을 꺼도 완전히 캄캄해지지 않는다. 희미한 불빛이 불면의 정령처럼 떠돌며 유약한 인간의 영혼 주위를 맴돈다. 그러나 빌라니세타의 밤은 완전한 암흑이다. 불을 끄고 침대에 누우면 아무것도 보이지 않는다. 눈을 뜨든 감든, 어떤 빛도 감지되지 않는다.

우리는 사흘 밤낮을 거기에 머물렀다. 음식은 거의 모두 농장에서 직접 기른 채소와 과일로 만든 것이었다. 멀리 바다가 보이는 곳이었지만 해산물은 전혀 없었다. 버섯과 토마토, 가지, 올리브와 레몬이

빌라니세타 농장의 개

날마다 식탁에 올랐다. 이곳은 바다가 아니라 산에 속해 있었다.

하루 이상 머무는 사람은 거의 없었다. 오후에 도착한 사람들은 농장을 거닐며 꽃과 허브가 뿜어내는 향기를 한껏 들이마시고는 도시에서는 맛보기 힘든 푸짐한 저녁식사를, 농장에서 담근 와인을 곁들여 거하게 먹은 다음, 소박하지만 고풍스런 가구들로 가득찬 농가에서 개 짖는 소리를 들으며 잠들었다가 아침이면 차를 몰고 농장을 떠나는 것이었다.

나는 일생의 대부분을 한밤중에도 불이 꺼지지 않는 대도시에서 살아왔지만 어린시절에는 그렇지 않았다. 나는 전방에 있는 대대장 관사 같은 곳에서 살았다. 언덕 위에 지어진 관사에서는 부대로 들어오는 진입로와 초소, 장병들의 막사가 보였다. 그곳은 말하자면 하나의 작은 성이라고 할 수 있었다. 성벽(철책)이 있었고 성문(위병소)도 있었으며 병사와 주민 들이 있었다. 아버지를 태운 지프가 2킬로미터 밖에 있는 위병소를 통과하면 관사 마당에서 낮잠을 자던 셰퍼드가 벌떡 일어나 언덕을 달려내려갔다. 꾀돌이란 이름으로 불리던 그 영특한 개는 아버지가 타는 지프와 다른 차의 소리를 멀리서도 구분할 수 있었다. 밤이면 깜깜했고 돌아다니는 사람은 거의 없었다. 그날의 암구호를 모른 채 돌아다니다가는 경계병의 총에 맞을 수도 있었다. 부엉이 울음소리가 들리는 밤은 지독하게 어두웠지만 새벽은 부산했다. 기상나팔 소리가 울리면서 병사들의 분주한 하루가 시작된다. 웃통을 벗고 달리는 젊은 사병들, 줄지어 선 트럭들의 시동을

빌라니세타 농장의 예배당

걸어 차량의 안녕을 점검하는 운전병들, 아침식사를 준비하는 취사병들, 매복에서 돌아오는 지친 경계병들이 서로 어지럽게 엇갈렸다.

아버지는 위병소로 자신을 맞으러 달려나오는 꾀돌이를 사랑했다. 그러던 어느 날 갑자기 꾀돌이는 종적을 감춰버렸다. 병사들이 동원돼 대대장이 사랑하는 개를 찾으러 사방을 뒤졌지만 꾀돌이는 발견되지 않았다. 북쪽으로 4킬로미터만 올라가면 북한인 곳이었다. 아버지는 사흘 만에야 수색을 포기하고 꾀돌이를 단념했다.

꾀돌이의 행방은 그로부터 십여 년이 지나서야 알려졌다. 군문을 떠나 시중은행의 예비군 대대장이 된 아버지를 찾아온 당시의 병사가 비밀을 털어놓았다. 일단의 11중대 병사들이 꾀돌이를 유인해 산으로 데려가 잡아먹었던 것이다.

서울의 17평짜리 아파트 방 한구석의 이불 속에서 나는 늦게나마 속죄를 구하는 병사와 그것을 용서하는 아버지의 목소리를 엿듣고 있었다.

"죄송합니다. 대대장님."

"아니야. 그럴 수도 있지. 그 나이 때는 쇠도 삶아 먹을 때가 아닌가."

"정말 죄송합니다."

아버지는 말없이 앉아 있다가 문득 이렇게 물었다.

"그럼, 다들 알고 있었던 건가?"

병사는 네, 라고 짧게 대답했다. 아버지는 끄응, 한숨인지 신음인지 알 수 없는 소리를 짧게 냈다. 이제는 서른이 넘은 왕년의 11중대 병사는 말했다.

"11중대에는 그뒤로 나쁜 일이 많았습니다."

아버지는 동의했다. 그랬지. 그랬었지.

나도 기억하고 있을 정도로 11중대는 불운한 중대였다. 지뢰밭을 1킬로미터나 걸어들어가 목을 매 자살한 병사도 11중대였고 무장탈영하여 모두의 속을 썩인 병사도 11중대였고, 아마 내부의 구타사고 같은 것도 있었을 것이다. 11중대의 장으로 부임한 중대장들도 군문에서의 운이 별로 좋지 못했던 것으로 기억한다.

나는 빌라니세타를 뛰어다니는 큼직한 개들을 보며 이미 죽은 줄을 빤히 알면서도 꾀돌아, 꾀돌아, 손나발을 만들어 외치며 서부전선의 낮은 구릉과 좁은 비포장도로를 헤맸을 병사들을 생각해본다. 11중대의 '미친놈들'을 욕하면서, 그러나 동료들을 밀고할 수는 없기에 깊은 밤까지 대대장이 사랑하는 개를 찾는 척해야 했던 어린 병사들. 그들은 개를 잡아먹는 게 자연스런 문화인 시골에서 군대로 끌려왔을 것이고, 그런 그들에게 의심 없이 자신들을 따르는 큼직한 셰퍼드는 부족한 단백질을 보충해줄 가축의 하나에 불과했을 것이다.

농촌은 그런 곳이다. 나른한 일상 뒤에서 태연히 살육이 진행된다.

평화로워 보이는 빌라니세타의 식당에도 물음표를 닮은 세 개의 커다란 갈고리가 걸려 있다. 양을 잡은 후, 목을 꿰어 벽에 걸어놓기 위한 것이었다. 그래야 양의 몸에서 피가 잘 빠져나온다. 파리가 꼬이지 않는 추운 겨울날, 농장의 모든 식구들이 모여 잔치를 벌이듯 양을 잡고 그것을 식당의 그늘진 구석에 걸어놓을 것이었다.

그런 상상을 하고 있노라니 안토니나의 농장이 더이상 낯설지 않게 느껴졌다. 시칠리아 산골의 한 농장이 내가 오랫동안 잊고 있던 기억을 떠올리게 해주었던 것이다. 쓸모 있는 작물이라고는 하나도 없던 메마른 구릉과 고립된 작은 집, 관목숲에서 벌어지는 은밀한 도살과 죽은 개의 저주, 지독하게 캄캄한 밤과 요란한 아침, 밤새도록 이어지는 무서운 꿈과 그보다 더 무서운 추리소설들. 그랬다. 나는 그런 곳에서 자랐고 지금의 나를 만든 그 무엇인가의 일부는 거기에서 왔음이 분명하다.

멀리 개 짖는 소리 들린다.

◀ 천공의 성,
에리체

　팔레르모에서 A29 고속도로를 타고 서쪽으로 달리면 마치 애리조나 같은 미국 서부를 달리는 기분이 들 정도로 기괴한 풍경이 펼쳐진다. 나무 한 그루 제대로 자라지 않는 심란한 산들이 해변을 끼고 소심하게 돌아가는 고속도로를 내려다보고 있다. 너무 삭막하여 차라리 압도적인 이런 풍경을 보고 있노라면 왜 한때 이탈리아의 감독들이 마카로니웨스턴이라는 장르에 탐닉했었는지 알 것 같은 기분이 든다. 미국 서부의 사막과 시칠리아의 여름 풍경은 아주 흡사한 데가 있다.

　대형 민항기들이 둔중한 몸을 이끌고 푸른 바다 위로 떠오르는 모습들이 보이기 시작하면 팔코네 보르셀리노 국제공항이다. 공항 진입로를 지나 트라파니 방면으로 꺾어지면 사람들을 안심시키기라도 하려는 듯 난데없이 풍요로운 풍경이 펼쳐진다. 나지막한 구릉들을 따라 밀밭들이 끝없이 이어져 있다. 밀밭들 사이로 솟은 구릉들에는 와인을 생산하기 위한 푸른 포도밭들도 촘촘하다. 경사가 좀더 급한 곳에는 올리브나무들이 일정한 간격으로 줄을 지어 언덕을 기어오른다. 흙으로 지어 기와를 올린 주황색 창고들이 자칫 밋밋해질 수도 있을 풍경에 포인트를 주고 있다. 찍어서 달력으로 만들어 도시인들의 좁은 방에 걸어놓으면 딱 좋을 장면이다. 이런 평야는 남으로는 에나와 아그리젠토까지 이어지면서 시칠리아의 곡창지대를 이룬다. 시칠리아에서 생산된 밀은 예로부터 질이 좋기로 유명했고 생산량도 많았다. 따라서 로마제국의 위정자들은 늘 시칠리아의 작황에 관심을 기울였다. 시칠리아에 흉년이 발생하면 밀값이 오르고 당장 로마 정계에 어두운 구름이 끼었다.

　로마는 카르타고와의 힘겨운 전쟁에서 승리한 후, 시칠리아를 식민지로 삼았다. 제1차 포에니전쟁(기원전 264~241년)의 결과였다. 시칠리아는 로마가 경영한 최초의 식민지라 할 수 있었다. 최초였기 때문에 서툴렀고 또한 가혹했다. 그후 몇백 년이 지나도록 시칠리아 주민들은 로마시민의 지위를 얻지 못하고 노예상태에 머물러 있었다. 기원전 5세기부터 그리스문명의 일부를 이룬 도시국가를 건설하고 수준 높은 문화와 예술, 정치를 구현해온 사람들로서는 감당하기 힘든 대접이었다. 결국 기원전 135년, 헤나의 에우누스가 이끄는 대규모의 반란이 일어난다. 헤나는 지금의 에나이며 여전히 시칠리아 곡창지대의 중심도시다. 이 반란에는 수만 명의 남자와 여자, 심지어

어린이까지 참가한다.

로마가 이 반란을 진압하자마자 또다시 노예반란이 일어난다. 이 반란은 기원전 73년부터 71년까지, 무려 삼 년이나 계속되는데 시칠리아의 농민계급의 열렬한 지지를 받았다. 커크 더글러스가 검투사 스파르타쿠스 역을 맡아 출연했던 영화 〈스파르타쿠스〉는 바로 이 반란을 배경으로 하고 있다. 스파르타쿠스의 이 반란을 진압한 사람이 바로 폼페이우스였다. 폼페이우스는 반란에 참가한 노예들을 아피아가도 연변에 십자가를 세워 처형했다.

아피아가도는 로마제국이 건설한 최초의 고속도로라 할 수 있는데 로마에서 나폴리를 지나 브린디시로 이어지는 중요한 길이었다. 이탈리아 남부로 가려면 반드시 이 길을 지나야 했다. 카프리섬으로 휴양을 떠나는 황제나 그리스의 식민도시로 떠나는 군대들이 이 길을 이용했다. 시칠리아의 반란노예들은 잘 닦인 이 길을 따라 거꾸로 로마로 진군했으나 폼페이우스의 잘 훈련된 군대에 패배한 후 줄줄이 아피아가도를 따라 십자가에 매달렸다.

훗날 폼페이우스는 루비콘강을 건너온 카이사르에게 쫓겨 바로 이 아피아가도를 따라 그리스 방면으로 달아나게 된다. 그는 스파르타쿠스를 매단 바로 그 길을 따라 패주했는데, 그 길은 그의 숙적인 카이사르가 젊은 날 사재를 털어 보수해 좋은 평판을 얻은 길이기도 했다.

시칠리아인들은 기원후 3세기에 이르러서야, 그러니까 로마제국에 귀속된 지 오백 년이 지나서야 시민의 지위를 획득하게 된다.

트라파니가 가까워지면 멀리 오른쪽으로 난데없이 봉우리 하나가 우뚝 솟아 있다. 넓은 평원 한가운데이고 바다에서도 가깝기 때문에 멀리서도 잘 보인다. 바로 에리체다. 해발고도 751미터밖에 안 되지만 주변이 마치 카펫이라도 깔아놓은 듯한 평원이기 때문에 실제보다 훨씬 높고 가팔라 보인다. 에리체의 기슭은 항구도시 트라파니다. 트라파니는 시칠리아와 튀니지를 잇는 항구로 예로부터 유럽과 아프리카를 잇는 중요한 관문이었다. 배를 타고 트라파니항으로 들어오는 사람들에게는 에리체가 등대 역할을 한다.

차를 몰아 에리체로 올라가는 것은 진귀한 경험이다. 나선형의 2차선 도로는 커브를 돌 때마다 아찔하다. 운전을 하는 게 아니라 작은 경비행기를 모는 것 같은 기분이 든다. 시시각각으로 운전자의 시야에 나타나는 것은 텅 빈 허공이며 파란 하늘이다. 근처에 아무 거칠 것이 없기에 땅 위를 달린다는 실감이 나질 않는다. 커브마다 운전자는 액셀러레이터를 밟아 하늘로 날아가고 싶은 욕망을 누르고 왼쪽으로 혹은 오른쪽으로 핸들을 꺾어야 한다. 그럼 다시 길이 보인다. 그러나 잠시 후, 커브가 다가오면 다시 허공이 눈앞에 나타나 운전자를 유혹한다. 그렇게 한참을 감아올라가면 고대도시 에리체가 모습을 나타낸다.

에리체는 미야자키 하야오 감독의 애니메이션 〈천공의 성 라퓨타〉를 닮았다. 미야자키 감독은 하늘에 떠 있는 중세도시를 상상했다. 좁은 골목을 사이에 둔 건물들은 모두 봉우리의 정수리 쪽에 몰려 있는

것으로 그려져 있는데 실제로 미야자키 감독은 여러 차례 웨일스와 이탈리아 같은 유럽의 도시들을 여행하고 거기에서 영감을 받아왔다고 밝힌 바가 있다. 에리체의 기슭에 안개라도 끼면 애니메이션 속의 라퓨타와 영락없이 똑같을 것이다. 미야자키 하야오 감독이 에리체를 방문했는지는 알 수 없지만 만약 그랬다면 반드시 좋아했을 것이다. 그가 창립한 지브리 스튜디오의 지브리 Ghibli라는 말은 '사하라사막에서 불어오는 뜨거운 바람'이란 뜻의 리비아어다. 똑같은 바람을 이탈리아어로는 시로코sirocco라 부른다. 지브리는 제2차 세계대전 당시 사하라사막 일대에서 활동하던 이탈리아 정찰기들의 별명이기도 했다. 지브리 스튜디오의 두번째 작품이 바로 1986년에 발표된 〈천공의 성 라퓨타〉다.

어쨌든 이 지브리라는 이름에는 그가 좋아하는 세 가지가 모두 들어 있다. 바로 지중해와 비행기, 그리고 바람이다. 미야자키 감독의 이런 취향은 전쟁의 참혹함을 증오해 스스로 인간이기를 포기하고 돼지로 변해버린 후 지중해의 무인도에서 홀로 살아가는 비행기 조종사 얘기를 담은 〈붉은 돼지〉로도 이어진다.

여름에 사하라사막으로부터 시로코(지브리)가 불어와 세상을 바싹 말린다면, 겨울에는 대서양에서 미스트랄이 불어와 저 북서쪽에 전혀 다른 세상이 존재하고 있음을 일깨워준다. 심할 때는 시속 90킬로미터가 넘는 속도로 불어오는 이 무시무시한 바람은 왜 지중해 연안의 집들이 저토록 거추장스런 덧창을 달고 있는지를 설명해준다.

미스트랄의 발원지라 할 수 있는 저 북해 연안에는 그 바람 못지않게 두려운 노르만족이 살고 있었다. 바이킹이라고도 불리던 이들은 스스로의 힘을 깨닫자 차츰 따뜻한 곳으로 남진하여 프랑스 서부를 장악하고, 이어 더 따뜻하고 풍요로운 시칠리아와 이탈리아 남부까지 도달해 정착하게 된다. 노르만족의 점령 이후로 에리체의 외양은 극적으로 달라진다. 현재의 에리체는 도시 전체가 요새 아니면 교회라고 해도 과언이 아닐 정도로 딱딱하고 금욕적이다. 적을 막기 위해 필요하다고 생각한 모든 것들을 도시 안에 갖추어놓은 것이다. 무기와 성벽, 군인과 사제, 대포와 십자가가 도시 안에 있다. 대포는 교회를 지키고 사제는 병사들을 축복하는 구조다.

그러나 이전의 에리체는 비너스 숭배로 유명했다. 봉우리의 정상에는 미의 신을 섬기는 신전이 있었는데 그 안에는 몸을 파는 수십 명의 여사제들이 살았던 것으로 전해진다. 알다시피 비너스는 지중해 전역에서 여러 이름으로 다르게 불렸다. 그리스인들은 아프로디테로, 페니키아인들은 아스타르테로 불렀고 시칠리아인들은 베네레라 하였다. 도시를 누가 지배하느냐에 따라 비너스의 이름은 바뀌었지만 본질적으로 그들이 숭배했던 것은 같았다. 그것은 여성의 다산성과 성적인 매혹이었다. 훗날 우리가 그것을 아름다움이라는 추상적 개념으로, 일종의 미학적 가치로 다루게 되기까지는 아직 한참의 세월이 더 필요했다. 정욕에 굶주린 수컷들이 에리체의 가파른 경사를 끝내 기어올라 마침내 성문을 부수고 성벽 안으로 진입하면 신전의 사제들이 달려나와 그들을 맞았다고 한다.

노르만족의 루제루 1세는 신전을 완전히 파괴하고 그 위에 실용적이고 듬직한 성채를 지었다. 시칠리아 백작으로 불렸던 루제루 1세는 대단히 아름다운 청년이었다고 전해온다. 전투와 외교, 정치 모두에 능했던 루제루 1세는 아들인 루제루 2세와 더불어 시칠리아의 노르만 전성시대를 열었다. 그 시기의 시칠리아는 그 어떤 시대보다도 관용적이었고 평화로웠으며 섬 전역에 코즈모폴리턴적인 분위기가 넘쳤다고 한다. 아랍인과 무어인, 기독교도와 유대인, 이슬람교도, 프랑크족과 노르만족이 사이좋게 공존하면서 지중해 전체의 평화에 기여했던 시기였다. 루제루 부자의 치세기간 동안 시칠리아는 아프리카와 중동에서 유래한 이슬람문화, 비잔티움적 전통의 그리스문화, 북유럽의 노르만문화가 기왕에 존재하던 라틴문화와 어울려 격조 높은 문화를 만들어냈다.

당시의 팔레르모는 유럽 최고의 문명화된 도시였고 인구도 많았다. 아마 지금의 뉴욕과 비슷한 분위기의 도시였을 것 같다. 루제루 2세는 제2차 십자군원정으로 유럽 전역이 들썩거릴 때에도 이에 냉담했고 일정한 거리를 두었다. 평생을 코즈모폴리턴으로 살았던 그에게 잘 어울리는 처신이었고 시칠리아의 지정학적 위치를 감안했을 때에도 적절한 결정이었다.

시칠리아 전역에는 전투에 천부적 재능을 지녔고 항해에 능했으며 실용을 중시했던 노르만족의 건축유산이 많이 남아 있다. 팔레르모의 몬레알레성당을 비롯해 섬 곳곳에 많은 성채와 성당 들이 남아 있다. 노르만족이 지은 건물들은 마치 레고블록으로 만든 것 같다. 원과 호를 많이 사용한 화려하고 우아한 바로크건축과 달리 노르만의 고딕건축은 직선을 많이 사용한 안정되고 딱딱한 형태를 보인다. 그 목적이 성당이든 관공서든, 유사시엔 즉각적으로 요새로 사용할 수 있도록 튼튼하게 지어졌다. 창은 작으며 벽은 두껍고 탑은 높다. 사방을 둘러볼 수 있는 높은 지형에는 거의 어김없이 노르만인들이 지은 육중한 성채의 흔적이 남아 있다.

마치 헬리콥터에라도 타고 있는 듯, 사방의 너른 평야가 아득하게 내려다보이는 에리체의 비너스신전 터에 앉아 우아한 도리아식 기둥 사이를 거닐었을 미美의 사제들과 오직 정복과 전쟁만 생각하던 추운 나라의 무인들을 생각한다. 밀밭에서 농사를 짓다가 가끔 허리를 펴 높은 곳의 에리체를 올려다보곤 하던 기원전의 시칠리아 농민들과 폭풍이 치는 지중해의 겨울 바다를 항해하다 문득 구름 위의 성처럼 모습을 드러낸 에리체를 발견했을 옛 뱃사람들도 떠올려본다.

그들에게 비너스란, 즉 아름다움이란 무엇이었을까? 누군가에게 미란 정욕을 불러일으키는 음란한 매혹이며 또 누군가에게 미란 다다를 수 없는 천상의 특질이며 또 누군가에게 미란 정복함으로써만 소유 가능한 일종의 재산이며 또 누군가에게 미는 끝내 이해 불가능한 난해한 개념이며 또 누군가에게 미는 즉각 제거해야 할 불길한 미혹이었을 것이다. 미는 이렇게 끝내 합의되지 않은 채 천상의 도시 깊

비너스신전 터

은 곳에서 어지러운 풍문과 더불어 존재하는 것일지도 모른다.

에리체를 거쳐간 가장 유명한 인물로는 오디세우스가 있다. 우리가 묵은 숙소의 이름 역시 '율리시스의 방'이었다. 알다시피 율리시스는 오디세우스의 라틴식 이름이다. 트로이전쟁을 마치고 고향으로 돌아가던 율리시스는 이 트라파니 앞바다를 지나다 유명한 외눈박이 괴물 키클롭스와 마주쳤다. 키클롭스족은 큰 몸집을 가진 거인으로서 키클롭스Cyclops라는 말은 '둥근 눈'이라는 의미인데, 이 거인들은 이마의 중앙에 눈을 하나밖에 갖고 있지 않았다.

키클롭스들은 동굴 속에서 살았고 섬의 야생식물과 양의 젖을 먹고 마시며 사는 양치기들이었다. 오디세우스 같은 뱃사람 혹은 전사에 비해 양치기는 완전히 다른 종류의 존재라 할 수 있었다. 뱃사람 혹은 전사는 낯선 곳으로 떠나 공을 세우고 그것을 밑천 삼아 고향으로 돌아오는 자들이다. 반면 양치기는 자기가 가진 양을 잘 건사하는 것이 임무다. 그에게는 두 개의 눈도 필요하지 않다. 자신의 양떼를 노려보는 외눈이면 족하다. 타오르미나를 떠나 북동쪽의 험준한 산악지대를 통과하면서 우리는 키클롭스의 후예들을 만났다. 동굴 같은 집에서 겨울을 나며 오직 자신의 양떼들과만 대화하는 고독한 양치기들. 지독한 멀미 때문에 차 밖으로 나와 모든 것을 태워버릴 것 같은 햇빛 속에 서 있던 아내는 "이제는 영화 〈브로크백 마운틴〉의 그 목동들을 이해할 수 있다"고 말했다. 동굴 속에 살던 키클롭스든 21세기의 양치기든, 문명도시에서 온 이들에게는 똑같은 괴물이다.

햇빛과 풀, 양떼 말고는 아무것도 없는 해발 1000미터 고도의 메마른 땅에서 평생을 보내는 삶을 누가 쉽게 이해할 수 있겠는가.

오디세우스의 후예인 그리스인들은 오랫동안 시칠리아를 두려워했던 것으로 알려져 있다. 내륙에는 괴물이 살고 있다고 믿어 절대로 깊숙이 들어가지 않았다고 전해진다. 실제로 그리스인들은 바다가 보이는 곳에 주로 정착하였고 내륙에는 거의 도시를 건설하지 않았다. 시라쿠사, 젤라, 낙소스, 아그리젠토 등의 도시들은 모두 해안에 위치해 있다. 목동이 뱃사람의 사고방식을 이해할 수 없듯이 뱃사람 역시 목동을 이해하기 어려웠을 것이다. 그리스인은 아니지만 내 아내도 시칠리아의 내륙을 두려워했다. 아내는 본래 부산 사람으로 바다가 보이는 곳에서 마음의 평안을 찾는 사람이다. 그런 사람에게 시칠리아 내륙의 메마르고 험준한 풍경은 마음속 깊은 곳의 안정감을 무너뜨린다.

뱃사람 오디세우스는 식량을 구하러 섬에 정박하였고 부하들과 함께 동굴 속으로 들어가게 되었다. 그때 동굴의 주인인 키클롭스, 폴리페모스가 돌아왔다. 오디세우스는 자신들이 최근 트로이를 정복하고 혁혁한 공을 세운 대원정으로부터 귀국하는 중이라고 소개하고는 후대를 요구했다. 그러나 양치기 폴리페모스는 아무 말 없이 오디세우스의 부하 두 사람을 붙잡아 동굴 벽에 때려죽인 뒤 맛있게 먹고는 잠이 들었다. 트로이전쟁 같은 세계정세야 양치기로선 알 바가 아닌 것이다. 폴리페모스가 동굴 입구를 큰 바위로 막아놓았기 때문에 그

비너스신전 터에 루제루 1세가 지은 성채

마드레교회

들은 도망도 갈 수 없었다. 폴리페모스에게 그들은 그저 맛있는 가축에 불과했다.

유럽의 미술관 몇 곳에서는 가끔 이 일화를 그린 그림들을 발견할 수 있다. 수염을 기른 거인 폴리페모스가 오디세우스 부하의 발목을 잡고 동굴 벽을 향해 휘두르는 장면이다. 신화라고 생각하면 그냥 심상히 감상하고 지나갈 수 있지만 그럴 수 없는 경우도 있다. 나는 1990년대 후반에 캄보디아의 프놈펜을 여행한 적이 있었는데 그때만 해도 마오주의를 신봉하던 극좌파 크메르루주의 지도자 폴 포트와 그 잔당들이 산악지대에 남아 있었다.

내가 가던 해에도 크메르루주는 미국인 관광객 여성 한 명을 반테스레이 근처에서 납치해 살해했는데 이곳은 앙코르와트로부터 멀지 않은 곳이다. 여기에도 앙코르와트 못지않은 아름다운 사원이 남아 있다.

그들이 저지른 죄악을 기록하고 국민들에게 알리기 위해 새 정부는 나라 곳곳에 크메르루주의 잔학상을 조악한 그림으로 그려 남겼다. 가장 끔찍했던 것은 병사들이 마치 동굴 속의 폴리페모스가 그랬듯이 어린아이들의 발목을 잡고 벽에 부딪쳐 죽이는 장면이었다.

다음날도 폴리페모스는 오디세우스의 부하 두 명을 잡아 어제와 마찬가지로 다 먹어치우고 바위로 동굴 입구를 다시 막아놓은 후, 자신의 양떼를 몰고 밖으로 나갔다. 영리한 오디세우스는 괴물을 없애고 도망칠 방도를 강구했다. 저녁이 되어 돌아온 폴리페모스는 전날과 마찬가지로 양젖을 짜고 부하 둘을 또 잡아 저녁으로 먹었다. 오디세우스가 거인에게 술을 대접하자 거인은 기뻐하며 술을 받아마셨다. 술에 취해 기분이 좋아진 거인은 오디세우스를 제일 나중에 잡아먹겠다고 약속했다. 거인이 이름을 묻자 그는 "내 이름은 우티스^{outis}(그리스어로 '아무도 아니다'라는 뜻)요"라고 대답했다. 거인이 잠들자 오디세우스와 동료들은 폴리페모스가 늘 들고 다니는 올리브나무 방망이를 뾰족하게 만들고 그것을 불로 지져 단단하게 만든 다음 잠든 거인의 눈을 겨누어 깊이 찔렀다. 거인은 고통스레 비명을 지르며 동굴 주위에 살고 있던 다른 키클롭스들을 불렀다. 그들이 모여들어 도대체 왜 이렇게 떠들면서 잠도 못 자게 하느냐고 불평하자 그는 대답했다.

"오, 친구들이여, 나는 죽네. 어떤 인간도 나를 괴롭히지 않는다(우티스가 나를 괴롭힌다)."

어이없는 하소연을 듣고 그들은 말했다.

"어떤 인간이 한 것도 아니라면 그건 신들이 하는 일이다. 그러므로 그대가 참아야 한다."

다음날, 눈이 먼 폴리페모스가 양떼를 내보내기 위해 바위를 열었을 때 오디세우스는 다시 한번 지혜를 발휘하였다. 그는 부하들을 폴리페모스가 기르는 양의 배에 묶어놓았다. 폴리페모스는 양의 등은 쓸어보았지만 미처 배까지는 확인하지 못하고 양떼를 내보내고 말았다. 이렇게 해서 그들은 무사히 탈출에 성공할 수 있었다. 부하와 양떼를 싣고 무사히 바다로 나아간 오디세우스는 그제야 양을 잃은 것을 알고 분통을 터뜨리는 폴리페모스에게 "나는 아무도 아닌 자가 아니라 오디세우스다"라고 기고만장하여 외친다. 이 공명심 때문에 폴리페모스는 비로소 자기 눈을 찌른 자가 누구인지를 알게 되었고 이로 인해 오디세우스의 앞날은 더욱 험난해진다. 어쨌든 그 키클롭스들이 있던 곳이 바로 에리체라는 게 그 지역 사람들의 주장이다. (당연하게도) 그곳에는 폴리페모스의 절벽이 있고 (역시 너무나 당연하게도) 외눈박이 거인의 흔적은 찾을 수가 없다.

호메로스의 이 흥미로운 이야기를 읽다보면 엉뚱하게도 현대의 테러리즘으로 연상이 튄다. 왜냐하면 현대의 테러리즘도 바로 이 '우티스'들, '아무도 아닌 자' 또는 '이름 없는 자'들에 의해 자행되기 때문이다.

2007년에 아프가니스탄에서 한국인들을 납치해 살해한 이들도 결국은 우티스로 남았다. 그 밖에 이라크나 파키스탄에서 저질러진 수많은 테러들도 우티스의 짓으로 남았다. 몇몇 용의자들이 수사 선상에 오르지만 그들은 잘 잡히지 않거나 끝내 종적이 묘연해짐으로써 누가 누구인지 모르게 되거나 아니면 그것을 끝내 구분하는 행위를 무의미한 것으로 만들어버린다. 그리하여 이 우티스들에게 당한 사람은 주변으로부터 "이것은 어찌할 수 없는 일이므로 참아야 한다"는 이야기를 듣게 된다. 아프가니스탄에서 벌어진 대량 납치와 살해의 결과로 바뀐 것은 한국 정부가 위험지역에 대한 자국민의 여행을 제한하는 법을 만든 것뿐이다. 눈을 찔리고도 할 수 있는 일이라는 게 고작 그 지역에 가지 않기로 결심하는 것뿐이다.

테러에 대한 논의는 언제나 이 우티스에 이르러 막힌다. 누가 이런 끔찍한 일을 자행했느냐는 질문은 '이라크 저항세력'이나 '탈레반' 같은, 실은 '아무도 아니다' 수준의 추상적인 대답으로 귀결되고 이쯤에서 논의는 뜬구름 잡기로 흘러간다. 따라서 오디세우스가 자신을 '아무도 아니다'로 소개하는 장면은 현대의 테러리즘을 이해하는 데 흥미로운 단초를 제공한다. 우리는 복면을 쓴 우티스들이 여행자의 눈을 노리는 세계에 살고 있다. 그것은 이제 부인하기 어려워졌다.

돌아보면 20세기는 인류 역사상 여행하기에 가장 안전한 시대였다. 민간 항공기가 출현했고 해적이나 산적, 마적은 거의 사라졌다. 나라와 나라 간의 이동은 그 어느 때보다도 간단했다. 기축통화인 달러의 가치가 안정돼 있어 달러만 가지면 어느 나라에서든 밥을 사 먹고 잠을 잘 수 있었다. 그러나 2001년 9.11 테러 이후로 그런 시대는 이제 서서히 저물고 있다. 위험지역은 점점 늘어나고 있으며 우티스들도 부유한 나라에서 온 여행자들을 적극적으로 노리고 있다. 상대적으로 안전한 나라로 분류되던 몇 나라가 이제는 위험지역이 되었다. 필리핀이나 멕시코에서는 납치를 주의해야 하며 남아프리카공화국과 남미의 꽤 많은 나라에서는 강도를 조심해야 한다. 무엇보다 이슬람을 믿는 일부 중동 국가들을 여행하기가 어려워졌다. 그러나 이 사막지대는 20세기 이전에도 대부분 위험했던 곳이다. 지금 와 돌이켜보면 인류의 역사에서 20세기만이 오히려 예외처럼 보인다. 중세

200

에는 유럽과 지중해 일대에서도 해적질과 인신납치가 성행했으며 귀족들조차 친지들이 몸값을 내주지 않으면 엉뚱한 곳으로 팔려가곤 했다. 지중해 일대를 주름잡으며 스페인의 정규 해군마저 끈질기게 괴롭혔던 붉은 수염 우르지 바르바로사는 그 자신 역시 젊은 날 바다에서 나포되어 노예로 팔린 경험이 있다. 레스보스섬 출신으로 아버지를 따라 운송업에 종사하던 그를 잡아 갤리선의 노잡이로 팔아넘긴 이들은 로도스섬에 근거지를 두고 있던 성 요한 기사단이었다. 그는 삼 년 만에 탈출하였고 그 경험을 바탕으로 더 무서운 해적으로 거듭났다.

폴리페모스의 절벽에서 멀리 떨어지지 않은 에리체의 서쪽 사면에는 몬테산줄리아노라는 이름의 훌륭한 식당이 있다. 여름 저녁, 해질 무렵 식당에 들어서니 트라파니 앞바다로 떨어지는 석양이 식당의 흰 테이블보를 붉게 물들이고 있었다. 우리는 이 식당에서 쿠스쿠스와 홍합수프, 해산물 리소토와 황새치구이를 먹었다. 쿠스쿠스는 본래 북아프리카에서 널리 먹는 음식으로 세몰리나 밀을 쪄 수프를 곁들여 먹는다. 쿠스쿠스는 에리체를 비롯한 트라파니 지방 전역의 식당에서 흔히 맛볼 수 있다. 트라파니는 이천 년 전에도 그랬듯 여전히 튀니지, 리비아, 모로코 등 북아프리카인들이 유럽으로 들어오는 주요한 경로 중의 하나다. 트라파니에서 배를 타고 삼십 분만 나가면 파비냐나라는 섬에 닿는데 이곳에는 칼라로사라는 이름의 유명한 장소가 있다. 직역하자면 '붉은 만'이다.

기원전 241년 3월 10일, 당시 지중해의 두 슈퍼파워인 카르타고와 로마가 여기서 격돌했다. 집정관 가이우스 루타티우스 카툴루스가 이끄는 이백여 척의 로마 전함들은 수적으로 우세한 카르타고의 이백오십 척 규모 선단과 조우해 승전했다. 무려 오십여 척을 침몰시키고 칠십여 척의 선단과 1만여 명의 포로를 잡았다. 로마군을 피해 섬으로 상륙한 카르타고의 병사들은 절벽 끝까지 쫓기다 끝내 몰살당했고 그들의 피가 흰 절벽과 앞바다를 붉게 물들였다. 붉은 만, 칼라로사라는 이름은 바로 그 사건에서 비롯된 것이다. 시칠리아를 사이에 둔 두 강대국의 긴 전쟁은 이 해전을 끝으로 막을 내렸고 로마는 지중해 유일의 강대국이 되어 시칠리아를 속주로 삼았다. 그러나 역사는 오직 책에만 기록될 뿐이며 바다와 허공은 아무 말도 하지 않는다.

에리체의 식당에서 안개에 잠긴 파비냐나를 굽어보며 쿠스쿠스를 먹는 밤, 멀리 트라파니의 불빛들이 아득하게만 보인다.

에리체 거리의 새끼 고양이들

에리체의 골목길

에리체에서 바라본 파비냐나섬

◀ 빛이 작살처럼
내리꽂힌다는 것은

시칠리아 여행안내서를 읽다가 문득 무서운 마음에 책장을 덮을
때가 있다. 화산대 위에 불안정하게 얹혀 있는 이 섬이 지난 세월 겪
어온 일들이 몇 줄의 문장으로 요약돼 있는데, 무심히 보다가는 갑자
기 모골이 송연해진다. 영국 출신으로 지중해문화를 전공했다는 여
행안내서의 저자는 그저 '1693년의 지진으로 도시가 완전히 파괴돼
새로 지었다. 도시의 귀족들이 힘을 모아 바로크양식의 건물들을 세
웠다. 그 덕분에 시칠리아 최고의 바로크 도시로 남게 되었다'는 식으
로 담담히 적고 있다. 엄청난 사건들도 시간이 지나면 말 그대로 '역
사의 한 페이지'에 불과하다는 것을, 이렇게 태연하게, 그리고 기습적
으로 알려주는 책은 여행안내서밖에 없는 것 같다.

이 지진은 지독했다. 1693년 1월 11일, 시칠리아 사람들이 한가롭
게 저녁식사를 하고 있을 저녁 아홉시 무렵 에트나화산이 분출을 시

207

작했다. 그 여파로 강진이 발생해 남부 이탈리아와 시칠리아, 그리고 몰타를 강타했다. 마흔다섯 개의 도시와 마을을 완전히 파괴했고 무려 6만여 명이 목숨을 잃었다. 에트나화산의 남쪽에 있던 대도시 카타니아에서는 인구의 3분의 2가 사망한 것으로 전해진다. 이 지진으로 파괴된 도시들은 당시에 유행했던 바로크양식으로 다시 지어졌기 때문에 이 지역에 난데없이 출현한 바로크 건축물들을 '지진 바로크'라 부르기도 한다. 시라쿠사, 라구사, 모디카 등 시칠리아 남동쪽에 그런 '신도시'들이 모여 있다.

팔레르모를 떠나 시라쿠사로 가는 기차는 하루종일 걸렸다. 시라쿠사의 숙소에 전화를 걸어 예약을 하면서 기차로 간다고 전하자 "시칠리아의 기차는 아주아주 나쁘다"며 버스를 타고 오라고 했다. 그렇지만 우리는 기차를 타고 갔다. 어느 나라든 기차는 오래된 길을 지나가고 기찻길 주변의 사람들은 기차를 더이상 의식하지 않는다. 마치 형체가 없는 유령처럼 기차는 유유히 벌판과 도시를 통과해간다. 시칠리아처럼 변화가 무쌍한 곳에서는 기차여행이 제격이다. 터널 하나를 지나면 찬란한 해변이 나타나고 다시 터널 하나를 지나면 불타는 지옥도가 펼쳐진다.

팔레르모를 떠난 기차는 섬 북쪽의 해안선을 따라 동쪽으로 나아간다. 기차는 체팔루나 카포도를란도 같은 아름다운 해변을 지나간다. 도시를 벗어나면 대지를 억세게 움켜쥔 올리브나무들이 드문드문 보였고 도시로 들어서면 싼값에 대충 지은 콘크리트 아파트들이

시라쿠사행 기차 안에서 바라본 풍경

바다를 가렸다. 밀라초를 지날 즈음에는 왼쪽으로 리파리를 비롯한 에올리에제도가 연무 속에서 희미하게 모습을 드러내기도 했다.

메시나에 도착해 시라쿠사행 열차로 갈아타는데 시간이 좀 걸렸다. 숙소 주인 말마따나 시라쿠사로 기차를 타고 가는 사람은 거의 없는 모양이었다. 한참 후에야 시라쿠사행 열차가 왔다.

열차는 섬의 동쪽 해안선을 따라 남쪽으로 내려갔다. 본토에서 기차를 타고 건너온 미국인들이 타오르미나에서 많이 내렸다. 여러 역에서 오래 머물며 기차는 천천히 전진했다. 너른 포도밭과 밀밭이 펼쳐진 평원지대를 가로지르는 동안 천천히 해가 서쪽으로 기울고 있었다. 시라쿠사가 가까워질수록 객차 안의 승객은 점점 더 줄어들었다. 관광업에서는 타오르미나에 밀리고 공업에서는 카타니아에 밀리고 정치적 중요성에서는 팔레르모에 밀리는 시라쿠사의 현재를 기차 안에서도 체감할 수 있었다.

기차는 스쿠터들이 질주하는 활기찬 카타니아를 지나 내륙 쪽으로 우회하다가 저녁이 다 돼서야 시라쿠사에 도착했다. 팔레르모를 떠난 지 열 시간 만이었다. 버스로는 네 시간이면 오는 거리였다. 역사적으로도 시라쿠사는 본래 내륙에서 접근하기에 용이한 도시가 아니었다. 그곳은 태생부터 항구였고 지금도 그렇다. 배를 타고 온 그리스인들이 건설한 도시이며 그후로도 오랫동안 지중해 무역의 거점이었다.

구시가인 오르티자로 들어가면 아르키메데스분수가 방문자를 맞는다. 그렇다. 수학자 아르키메데스가 바로 여기에서 났고 여기서 죽었다. 그가 "유레카"를 외치며 욕조에서 뛰어나간 곳도 바로 여기다. 그래서 도시 곳곳에 아르키메데스의 이름을 딴 것들이 보인다. 아르키메데스호텔, 아르키메데스관광, 아르키메데스식당 등이 도처에 있다. 제과점에는 유레카과자도 있다.

아르키메데스보다는 인기가 덜하지만 가끔 플라톤의 이름도 보인다. 플라톤 역시 이 도시와 관련이 깊다. 기원전 399년에 소크라테스가 독배를 마시고 죽자 그리스 정치에 실망한 플라톤은 지중해 연안의 다른 그리스 도시들을 찾아 여행을 떠난다. 그중 하나가 시라쿠사다. 당시 시라쿠사는 참주 디오니시우스 1세의 치세 아래 있었는데 그의 처남인 디온이 플라톤의 숭배자였다. 그후로부터 그들은 평생 이어질 정신적(혹은 정치적) 교류를 시작하게 된다. 공자나 맹자 같은 중국 정치 철학자들도 마찬가지지만 직업 정치인과 학자의 만남이 성공적인 경우는 매우 드물다. 플라톤도 디온의 권유에 따라 시라쿠사의 참주 디오니시우스 1세를 만나 자신의 정치철학을 실현하고자 했으나 도가 지나쳤던지 참주의 분노를 사고 말았다. 일설에 의하면 참주는 플라톤을 노예로 팔아버리려 시도하기까지 했다고 한다. 우여곡절 끝에 아테네로 돌아간 플라톤은 말년에도 시라쿠사 정치에 관여하려 했다. 디오니시우스 1세가 죽고 디오니시우스 2세가 즉위하자 숙부 디온은 이번에도 플라톤을 불러들이려 시도했지만 디온의 정치적 영향력이 커질 것을 두려워한 디오니시우스 2세는 이를 거부했다.

이 무렵의 시라쿠사 정치는 요약하기 힘들 정도로 대단히 어지럽

아르키메데스분수

다. 플라톤은 지도자가 계속 바뀌는 혼란 속에서 자신의 '철인정치' 사상을 펼쳐보려 애썼지만 그의 열렬한 추종자인 디온도, 그를 잠시 스승으로 두었던 디오니시우스 2세도, 그가 꿈꾸던 철인정치의 근처에도 가지 못했다. 암살과 모반의 위협이 항존하고 주변의 누구도 믿을 수 없는 음험한 환경에서 차분히 국가의 체제와 철학을 높이 세운다는 것은 애당초 불가능한 일이었다. 정치가 혼란스러우면 많은 지식인들이 할 수 없이 정치에 대해 생각하게 된다. 그에 따라 정치철학은 발전하지만 그때 발전한 사상들은 그 당대에는 별 쓰임이 없는 경우가 많다. 마키아벨리 역시 피렌체의 혼란스런 정치상황을 보며『군주론』을 집필했지만 문제의식은 세월이 한참 흘러서야 그 가치를 인정받았다.

어쨌든 이런 인연 때문에 플라톤의 여러 저작과 편지에 시라쿠사 이야기가 등장하곤 한다. 대학 신입생 시절에 플라톤의 저작을 읽다가 대체 시라쿠사가 어디 있는 도시야? 하고 혼자 궁금해했던 기억이 있다. 아무리 그리스 지도를 살펴봐도 시라쿠사라는 도시는 보이지 않았던 것이다. 알고 보니 시라쿠사는 펠로폰네소스반도 일대가 아닌 시칠리아에 있었다.

시라쿠사 사람들이 플라톤보다 아르키메데스를 더 좋아하는 이유는 그가 그곳 사람인 탓도 있지만 그보다는 그가 이 유서 깊은 도시를 지키기 위해 헌신했기 때문이다. 아마도 그는 레오나르도 다빈치와 비슷한 유형의 학자였던 것 같다. 기본적으로 수학자였지만 실용적인 분야에도 관심이 많았다. 특히 로마군이 시라쿠사를 포위 공격하기 시작하자 아르키메데스의 실용적 지혜는 단연 빛을 발한다. 로마군은 이 년이나 시라쿠사를 포위하고 있었지만 성 안으로 발을 들여놓지 못했다.

아르키메데스는 온갖 기술로 성을 방어했다. 그는 지렛대의 원리를 잘 이해하고 있었으며 이를 토대로 복합도르래라는, 당시로서는 첨단의 장치를 고안해 사용했다. 고대와 중세의 성을 돌아다녀보면 온통 무거운 것투성이다. 이렇게 무거운 것을 어떻게 효율적으로 움직일 것인가에 대한 가장 근본적인 해답이 바로 지렛대와 도르래였던 것이다. 그는 복합도르래를 고안해 축성을 용이하게 만들었고 무거운 자재들을 쉽게 성 곳곳으로 옮겼다. 그가 욕조에 앉아 있다가 부력의 비밀을 발견한 것도 따지고 보면 무거운 것을 움직이는 문제와 힘의 전달에 대해 골똘히 생각한 결과였을지도 모른다. 그는 사정거리를 조절할 수 있는 투석기도 고안했는데 이 역시 공성전에서 상당히 강력한 무기였을 것이다. 아르키메데스가 고안해 오직 시라쿠사에서만 사용한 이 신기술들을 처음 맞닥뜨린 로마군들로선 마치 미래에서 온 터미네이터와 싸우는 기분이었을 것이다.

압도적으로 우세한 병력과 잘 훈련된 군단병으로도 로마는 시라쿠사를 내내 함락시키지 못했다. 시라쿠사 내부에서 로마와 내통한 세력이 성문을 열어주지 않았다면 끝내 공략에 성공하지 못했을 가능성도 있다. 공격을 지휘한 집정관 마르쿠스 마르켈루스는 병사들

두오모광장 입구

에게 아르키메데스를 반드시 생포하라고 단단히 일렀지만 정작 아르키메데스는 로마군이 성 안으로 진입한 줄도 모르고 문제 풀이에 골몰해 있다가 그를 알아보지 못한 로마 군단병의 칼에 맞아 죽었다.

2007년 12월에 처음 이곳을 방문했을 때는 마침 산타루치아 축제가 한창 진행중이었다. 성녀 루치아는 이곳 출신으로 로마제국의 기독교 탄압이 한창일 때 순교하여 성녀가 되었다. 붉은 옷을 차려입은 소녀들이 초를 들고 아르키메데스광장을 지나 두오모광장으로 행진해가고 있었다. 대성당 앞에는 녹색 모자를 쓴 시라쿠사 남자들이 산타루치아상을 들고 "비바 산타루치아"를 외치며 발 디딜 틈 없이 몰려든 시민들 사이를, 마치 쇄빙선이 얼음을 깨고 극지로 향하듯 천천히 나아가고 있었다. 대성당 자리는 본래 기독교 전파 이전까지 아테나를 숭배하는 신전이 있던 곳이었다. 신전은 지중해 일대에서 유명했으며, 특히 지붕을 장식했던 아테나상이 항해자들 사이에 인기가 있었던 것으로 알려져 있다.

성녀 루치아의 유골과 전신상을 든 남자들은 시라쿠사의 유력자들로 보였다. 그들은 광장을 가득 메운 인파를 헤치고 나아가는 이 과업을 자랑스럽게 여기고 있는 것 같았다. 휴대폰을 든 십대들이 광장의 이쪽에서 저쪽으로, 저쪽에서 이쪽으로 전화를 하다 마침내 서로를 발견하면 손을 흔들어댔다. 축제를 보러 인근에서 몰려온 가족들이 동양인은 난생처음 본다는 듯 나를 보고 신기해하고 있었다.

아테나를 숭배하던 시라쿠사인들은 이제 성녀 루치아를 모시고 있었다. 여신을 숭배하는 전통은 아직도 시칠리아 전역에 남아 있다. 많은 시칠리아의 교회들이 중앙의 전면에 예수상 대신 아기를 안고 있는 성모마리아상을 두고 있다. 기독교 전파 이전의 여신 숭배는 기독교 전파 이후에는 성모 혹은 성녀 숭배로 변해 남아 있다.

행렬은 오르티자의 좁은 골목을 지나 오래전 삼단노 갤리선들이 빽빽이 정박해 있었을 오르티자항에서 바다와 만난다. 오르티자는 마치 사라센인들의 반월도처럼 지중해를 향해 뻗어나와 양쪽으로 두 개의 안전한 항구를 거느릴 수 있도록 되어 있다. 양쪽 모두 천혜의 항구이며 수비에 용이하다. 기원전 413년, 당시 지중해 세계의 초강대국 아테네가 편성한 함대는 이 오르티자항에 갇혀 시라쿠사군에게 전멸의 수모를 당했다. 아테네가 두려워하던 강국 시라쿠사의 군대는 오르티자항의 입구에 자신들의 배를 가라앉히는 창의적 전술로 아테네 배들을 가두고 포위 공격하였다. 국력에 대한 과도한 자신감, 병참에 대한 무지, 지휘 계통의 혼란, 정치가들의 오판으로 얼룩진, 처음부터 잘못 시작한 전쟁이었다. 겨우 살아남은 6000명의 아테네군은 포로가 되어 오랫동안 고된 노역을 감당하다가 노예로 지중해 각지로 팔려나갔다. 잘 알려져 있다시피 아테네군은 중산층 이상의 부유한 시민으로 이루어져 있었다. 전쟁은 아테네의 아고라에서 한가롭게 토론이나 즐기던 유복한 시민의 운명을 순식간에 추락시켰다.

두번째로 찾은 시라쿠사는 따뜻하고 조용했다. 축제로 들썩이던

오르티자 거리의 골목

지난 12월과는 달리 오르티자에는 사람들이 별로 없었다. 유로화의 강세로 유럽을 찾는 미국 관광객은 현저히 줄어들고 있었다. 시라쿠사를 비롯한 시칠리아 전역의 숙소들에는 그래서 빈방이 많았다. 호텔에서 CNN을 켜면 미국 금융위기와 유가인상의 여파로 세계 곳곳의 주가가 폭락했다는 자막이 지나갔다.

시라쿠사 시내 곳곳에는 그리스극장에서 공연되는 연극을 광고하는 현수막들이 걸려 있었다. 아이스킬로스의 〈오레스테이아〉 3부작 중에서 〈아가멤논〉을 공연하고 있었다. 시라쿠사는 그리스 이외의 지역에서 유일하게 그리스연극 학교를 운영하는 도시이기도 하다. 그만큼 이 도시는 이탈리아라기보다 그리스적인 분위기를 풍긴다. 역사는 수백 년에 걸쳐 사라센인들의 지배를 받으면서도 시라쿠사인들이 그리스어를 사용하면서 그리스연극을 즐겼다고 기록하고 있다. 몰락해가던 비잔티움의 황제 콘스탄트 2세는 수도를 콘스탄티노플에서 시라쿠사로 옮길 생각까지 했다고 한다. 비잔티움은 정치적으로는 로마제국의 뒤를 잇고 있지만 문화적으로는 고대 그리스문명의 계승자다. 비록 시종에게 살해되면서 그 계획은 물거품이 됐지만 십자군이 출범하는 중세 말까지도 비잔티움의 황제가 시라쿠사를 그리스문명권의 다음 대표선수로 생각하고 있었음을 말해준다.

시라쿠사의 그리스극장 역시 타오르미나의 그리스극장처럼 바다를 굽어보는 언덕에 자리잡고 있다. 흰 석회암층에 건설한 극장이라 날씨가 좋으면 극장 전체가 눈부시게 빛난다. 처음 찾아갔던 겨울에는 관광객은 거의 찾아볼 수 없었고 대신 누런 개 몇 마리와 고양이들만 햇볕 아래에서 낮잠을 자고 있었다. 험상궂은 사내들 몇몇이 우리를 날카롭게 주시하다가 방송용 카메라를 받칠 삼각대를 압수해 갔다.

그리스극장 옆에는 로마식 원형경기장도 있다. 그리스극장이 연극을 위한 것이라면 로마식 원형경기장은 게임을 위한 것이다. 타원형의 이 경기장은 관객들이 서로를 바라보도록 설계돼 있다. 이런 곳에서는 흥분이 쉽게 번진다. 자기 소리보다는 건너편 관객의 소리가 더 잘 들린다. 그래서 관객들은 이어폰을 낀 사람처럼 더 큰 소리를 질러대게 된다. 이 로마식 원형경기장에서는 주로 전차경주와 검투사들의 경기가 벌어졌다.

시라쿠사는 그리스문명의 토대 위에 로마문화를 더하고 그 위에 기독교적 색채를 가미한, 일종의 크레이프 케이크 같은 도시라고 할 수 있다. 이렇게 한눈에 그리스문명과 로마문명을 일별할 수 있는 도시는 흔치 않다. 시라쿠사에서는 그리스인과 로마인이 어떻게 다른지를 단박에 알 수 있다. 이야기를 사랑한 그리스인들과 아드레날린에 중독된 로마인들의 차이는 그들이 지어놓고 떠난 극장과 경기장으로 드러난다.

언젠가 미국의 케이블TV HBO의 히트 시리즈 〈로마〉의 제작진의 인터뷰를 본 적이 있다. 그들은 로마인들을 기본적으로 윤리와 도덕에 무심하고 전쟁과 살육에 익숙한 전사로 보고 있었다. 로마인들은 피 앞에서 수줍어하는 사람들이 아니었다. 군단병들은 황제가 마음에 들지 않으면 카이사르의 전례를 따라 툭하면 루비콘강을 건너 쿠데타를 감행했고 학살은 다반사였다.

그리스극장과 로마경기장 사이에는 거대한 채석장이 있다. 기원전 413년에 사로잡힌 아테네 포로들이 노역을 하다가 노예로 팔려 간 곳이 바로 이곳이다. 본래는 꽤 높은 언덕이었던 이곳은 유명한 1693년의 지진과 오랜 세월의 채석으로 인해 지금은 한 입 크게 베어 문 사과처럼 아래로 푹 꺼져 있고 군데군데 올리브나무들이 심어져 있다.

그리스의 후예들이 비극 〈아가멤논〉을 보고 있는 동안 로마의 후예들은 유로 2008에 출전한 이탈리아 축구 대표팀을 응원하러 카페에 모여 있었다. 시칠리아를 여행하는 내내 섬은 유로 2008로 들썩거렸다. 히딩크 감독은 스타선수 하나 없는 러시아를 4강에 올려놓았고 이탈리아는 앙리가 이끄는 프랑스를 꺾고 기고만장해져 있었다. 이탈리아의 두번째 골은 앙리의 발을 맞고 들어갔는데 이탈리아 아나운서는 "고마워요, 앙리"를 연발하며 약을 올려댔다.

우리는 오르티자항구 근처의, 빛이 거의 들지 않는 아파트 1층을 빌렸다. 공사가 진행중인 바로 옆 건물은 중세와 근대 예술작품을 전시하는 미술관으로 카라바조의 〈성녀 루치아의 매장〉으로 유명한 곳이다. 그러나 공사중이라 들어갈 수가 없었다. 아쉬웠다. 시라쿠사는 카라바조의 그림을 보기에 정말 좋은 도시이기 때문이다. 지금 막 벌어지는 장면을 포착한 것 같은 생동감, 빛과 어둠의 강렬한 대비 때문에 카라바조의 작품은 멀리서도 쉽게 알아볼 수가 있다.

1571년생인 카라바조는 성격에 좀 문제가 있었던 듯하다. 지금 같으면 반사회적 성격장애 판정을 받았을 것 같다. 아무래도 그는 분노 통제에 어려움을 겪었던 것으로 보인다. 화가 나면 물건을 던졌고 사람을 때리거나 칼로 찔렀으며 살인까지 저질렀다. 테니스를 치다가 벌어진 말다툼은 살인으로 끝이 났고 연적과 칼부림까지 벌였다. 시라쿠사에 온 것도 사고를 친 후 감옥에 들어갔다 탈출해 도망온 것이었다. 그는 이 도시에서 〈성녀 루치아의 매장〉을 그렸다. 유명한 화가가 찾아왔으니 아마도 시 측에서 수호 성녀를 그려달라고 주문을 했을 것이다.

6월의 시라쿠사를 돌아다니다보면 누군가 죽비로 내려치기라도 한 듯 번쩍, 카라바조를 이해하는 순간이 찾아온다. 좁은 골목 사이로 다투어 쏟아지는 눈부신 햇빛은 카메라의 자동 노출계마저 무력화시킨다. 안전한 성 안으로 몰려든 사람들이 무질서하게 지은 집들 때문에 오르티자에서 골목이란 말 그대로 골목이다. 팔을 흔들며 걸어다니면 팔꿈치가 벽에 부딪칠 것만 같다. 그 사이로 떨어지는 햇빛은 여간해선 인물의 전신을 비추지 못한다. 그렇다고 광량이 약하거나 희미한 것은 아니다. 퇴락한 바로크풍 건물들 사이를 뚫고 내리꽂히는 이 무시무시한 빛은 인물의 세부, 이를테면 이마나 어깨, 볼이나 목을 강렬하게 비춘다. 그리고 거기에서 멈춘다. 빛이 예리한 작살처럼 사

시라쿠사의 길모퉁이

물을 꿰뚫는 곳, 그곳이 오르티자다.

좁은 골목으로 문이 난, 미술관 옆 건물 1층의 아파트를 빌리며 나는 주인 여자에게 물었다. 햇빛은 들어오나요? 주인은 작은 창 하나를 가리키며 그렇다고 했다. 그러나 방에서는 명백하게 곰팡내가 났다. 아무래도 빛이 들어올 것 같지 않은 집이었지만 주인은 단호하게 그렇다고 했다. 다음날 아침 중정으로 향해 난 창으로 정말 햇빛이 들어왔다. 그러나 살짝 발끝만 들여놓았다가 이내 달아나는 수줍은 빛이었고, 맹렬히 번식하는 곰팡이들을 박멸하기에는 턱없이 미약한 빛이었지만, 적어도 그 빛이 들어온 곳만큼은 극명하게 밝았다.

오르티자의 골목을 걸어다니면 어디선가 늘 토마토소스 향과 오징어를 기름에 튀기는 냄새가 코를 간질인다. 정체를 알 수 없는 낯선 향료 냄새가 골목 밑바닥에 가라앉아 있었다. 북아프리카에서 온 이민자들이 아레투사샘 동쪽의 허름한 낡은 건물에 세 들어 살며 낯선 이가 지나가면 고개를 빼고 살폈다. 섬의 끝까지 가면 육중한 성벽이 뾰족하게 바다를 겨누고 있었다. 성벽의 그늘 아래, 갈매기떼처럼 모여 있던 젊은이들이 소리를 지르며 줄줄이 바다로 뛰어들었다. 멀리 카타니아의 정유시설로 항해하는 유조선들이 보였다. 유조선만 없다면 이천 년 전의 풍경도 이와 크게 다르지는 않았을 것이다.

십 년 후에, 혹은 이십 년 후에 오더라도 별로 변하지 않을 것 같은 도시가 있다. 시라쿠사가 그런 곳이다. 그때에도 오르티자의 호텔을 나서면 몇 걸음 만에 바다에 닿을 것이며 거기서 발길을 돌려 언덕으

오르티자

로 올라가면 눈 깜짝할 사이에 두오모광장에 서 있게 될 것이다. 좁은 골목과 토마토 볶는 냄새, 작살처럼 내리꽂히는 햇살도 변치 않을 것이다.

우리에게 방을 빌려준 여자는 근처에서 관광객을 상대로 음식점을 하고 있었다. 집에서 손수 만든 파스타가 맛있는 집이었지만 값은 좀 비싼 편이었다. 통역 노릇을 하는 그녀의 언니도 식당에서 함께 일하고 있었는데 런던에서 십이 년을 살아 영어가 유창했다. 그녀는 동생의 집을 보러 온 우리에게 노토의 자기 집을 은근히 권했다. 거기서 그녀의 가족이 작은 B&B를 운영하고 있었다. 그녀가 권해준 리플릿 속의 집은 예뻤다. 노토 역시 유명한 지진 바로크 도시였고 중세부터 이미 이름난 도시였다. 우리는 곰팡내 나는 아파트를 탈출해 시라쿠사에서 한 시간 거리인 노토로 향했다.

◀ 메멘토 모리,
카르페 디엠

시칠리아는 삼각형의 섬이다. 삼각형의 세 변은 각각 유럽과 그리
스와 아프리카를 바라보고 있다. 등을 돌린 세 사람이 각각 다른 방
향을 바라보고 있는 섬, 그것이 시칠리아다. 유럽을 바라보고 있는 쪽
에 팔레르모가 있다. 그리스를 바라보고 있는 쪽은 메시나에서 시라
쿠사까지이고 아그리젠토나 젤라는 아프리카를 향하고 있다. 시칠리
아를 여행하다보면 각 도시들이 자기들이 바라보고 있는 쪽을 닮았
다는 것을 직관적으로 알 수 있다. 노토는 반쯤은 시라쿠사, 그러니까
그리스 쪽을 바라보고 있고 또 반쯤은 아프리카 쪽으로 엉거주춤 돌
아앉아 있다.

노토의 버스터미널에 내리자 숨이 막힐 듯 뜨거운 공기가 훅 끼쳐
들었다. 북아프리카산 햇볕과 사하라산 열풍이었다. 아직 6월인데도
노토는 벌써 뜨겁게 달궈져 있었다. 이 도시 역시 그 유명한 1693년

의 지진으로 도시가 거의 완전히 파괴됐다. 지금 우리가 보는 노토는 그 지진 이후에 바로크식으로 재건된 일종의 계획도시다. 도시의 유력가문들이 힘을 모아 본토에서 당대 최고의 건축가를 불러들였다. 아마 그건 모든 건축가의 로망일지도 모른다. 자, 여기 완전히 무너진 도시가 있습니다. 끔찍한 일이죠. 자, 이제 이 비극의 도시를 사람들이 희망을 가지고 다시 삶을 꾸려나갈 수 있는 아름답고 쾌적한 도시로 만들어주세요. 규제 같은 것은 없습니다. 거치적거리는 권리 문제도 없습니다.

노토 재건축의 임무를 맡은 카마스트라의 공작 주세페 란차는 도시를 횡으로 가로지르는 대로를 만들고 그 가운데에 관청을 두고 그것을 중심으로 양쪽 끝에 대칭으로 교회를 지었다. 여러 문명이 거쳐 간 시칠리아에서는 보기 드문, 쭉 뻗은 넓고 곧은 대로를 따라 걸어가면 화려한 바로크 건축물들이 행인들이 감상하기 적당한 거리에 자리잡고 있다. 장중한 계단의 경사는 누구라도 쉽게 접근할 수 있을 정도로 낮고 편안했다. 그리고 어김없이 그 멋진 계단에는 주인 없는 개들이 누워 낮잠을 청하고 있었다. 나는 북아프리카의 햇볕과 사하라의 열풍이 장악한 이 뜨거운 거리를 짐을 끌고 걸었다. 거리의 서쪽에 있는 관광안내소에 가서 숙소를 구할 작정이었다. 땀이 흘렀지만 흐르는 대로 곧 증발하였다. 거리에는 이미 사람이 거의 보이지 않았다. 점심시간이 다 돼 있었다.

관광안내소는 한시 반까지 일한다고 적혀 있었지만 한시에 이미

비토리오에마누엘레 거리

텅 비어 있었다. 나는 광장을 둘러보았다. 작은 분수 너머로 공용주차
장이 있었고 그뒤로 테아트로 그레코, 즉 그리스극장이 있었다. 그제
야 노토가 어떤 곳인지 감을 잡을 수 있었다.

노토는 작은 도시다. 버스정류장에서 내려 비토리오에마누엘레
거리를 따라 그리스극장까지 십 분쯤 걸으면 된다. 최근에 대대적인
보수를 했는지 18세기에 지어진 바로크 건축물들이 얼룩 하나 없이
환해 보였고, 건물에 인접한 인도에는 상향으로 건물을 비추는 조명
이 섬세하게 매립돼 있었다. 그래서인지 관광안내 팸플릿 속의 노토
는 언제나 야경이었다. 아프리카의 기운이 지배하는 한낮의 노토, 맨
얼굴의 노토는 그만큼은 화려하지 않았다. 그러나 하나같이 장대한
계단을 거느린 화려한 바로크 건물들이 즐비한 대로를 한낮에 걷는
기분은 기묘했다. 마치 영화촬영을 마치고 모두 떠나버린 세트장에
혼자 남겨진 것 같았다. 사람들은 보이지 않았고 간혹 맥없는 노인들
만 그늘에 앉아 큰 짐을 끌고 지나가는 나를 신기한 듯 쳐다보고 있
었다.

노토 사람들은 자기들로선 감당하기 벅찬 이 호사스런 건물들과
널찍한 대로를 부담스러워하며 살아온 것이 분명했다. 그러다 언제
부턴가는 익숙해져서, 그냥 거기 그게 있나보다 하고 살아왔을 것이
다. 로마의 콜로세움도 한때는 채석장 대용으로 쓰였다지 않는가. 그
러다 최근에 누군가가 "여기 시칠리아 최고의 바로크 도시가 숨어 있
었다!"고 외쳤을 것이다. 그제야 노토 시민들도 자기 주변을 돌아보

로코피리 거리

고는, 어쩌면 여기 뭔가 그럴듯한 게 있을지 모른다고 생각하기 시작한 것 같았다.

그러나 내가 도착한 그날까지도, 자기들이 오랫동안 살아온 이 도시에 멀리서 찾아온 여행자가 좋아할 그 무엇이 있다고 진심으로 믿지는 않는 눈치였다. 노토에 머무는 닷새 동안 노토 사람들이 보여준 태도에는 그런 마음에서 우러난 불편한 겸손이 얹혀 있었다. 그들에게는 아직 자긍심이 부족해 보였고 관광객들에게 송구스러워하는 기색도 역력했다. 멋지게 복원한 역사적 건물들이 늘어선 대로변에는 변변한 호텔 하나 없었고 주민들이 방을 고쳐 만든 B&B 간판들만 군데군데 보였다. 분명 몇 년 전, 어떤 유명한 여행안내서가 노토를 '시칠리아의 보석' 혹은 '새로운 발견'쯤으로 추켜세우면서 그들로서는 예상치 못했던 관광붐이 일어났음에 틀림없었다. 그러나 그럼에도 불구하고 아직 시칠리아의 다른 유명 관광도시에 비해 관광객은 적어 보였고, 있다 해도 시라쿠사에서 관광버스를 타고 오는 당일치기 관광객들이 대부분인 것 같았다.

관광안내소는 세시 반에야 문을 연다고 적혀 있었다. 아마 실제로는 네시 반에야 문을 열 것이다. 시칠리아는 언제나 그랬다. 적혀 있는 것보다는 늘 적게 일했다. 나는 그냥 그리스극장 옆에 있는 B&B를 찾아 방이 있느냐고 물었다. 내 경험으로 볼 때 이런 위치, 그러니까 관광안내소 근처나 도시의 중심대로변 혹은 중앙광장 앞의 작은 숙소들이 좋았던 적은 거의 없었다. 나 같은 뜨내기들을 낚기에 딱 좋

무니치피오광장

두체치오궁전

은 위치였고 별다른 노력을 들이지 않아도 손님들이 늘 들어차는 곳이기 십상이었다.

주인은 없었고 대신 1층의 카페 주인이 방을 보여주었다. 방은 예상대로 작았지만 깨끗한 편이었다. 방이 작은 대신 자유롭게 쓸 수 있는 넓고 쾌적한 로비가 있었다. 로비의 가구들은 고급스러웠고 커피 테이블 위에는 제대로 장정된 사진집들이 놓여 있었다. 더위에 지쳐 있었던데다 숙소가 험해 보이지는 않았던 터라 우리는 그냥 거기 주저앉기로 했다. 콧수염을 기른, 어쩐지 그리스나 터키쯤에서 왔음직한 카페 주인이 얼마나 있을 작정이냐고 물었다. 나는 하루만 있을 예정이라고 말했다. 그러나 거기에서 우리는 나흘을 묵었다.

저녁 무렵에 우리는 숙소를 나와 비토리오에마누엘레 거리를 걸었다. 공작이 설계한 이 부담스런 대로는 오랜 세월 도시생활의 중심이라기보다는 경계선으로 기능한 것 같았다. 도시를 횡으로 가로지르는 대로를 중심으로 위쪽과 아래쪽이 다른 생활권을 이루고 있었다. 이탈리아 특유의 좁은 골목들이 대로에서 위아래로 뻗어나가고 그 골목들에는 생활에 필수적인 식료품점과 이발소, 정육점 등이 구석구석 자리하고 있었다. 관광객들이 점령군처럼 행진하는 광활한 대로에서 슬쩍 비켜난 곳에 노토에서 태어나고 자란 토박이들이 살고 있었다.

우리는 시라쿠사의 음식점에서 소개받은 B&B를 찾아갔다. 그곳에는 주방도 있어 밥도 해먹을 수 있다고 들었기 때문에 방만 괜찮다면 오래 머물 생각이었다. 노토는 가파른 경사 위에 건설된 도시였고 여자가 소개한 집은 대로보다 높은 곳에 있었다. 우리는 가쁜 숨을 몰아쉬며 화려한 바로크 건물 뒤로 이어지는 계단을 올라갔다. 주소를 들고 찾아간 B&B에는 아무도 없었다. 그러나 그 앞에서 얼쩡거리고 있자니 한 노인이 우리를 더러운 골목 깊숙한 곳, 빨래들이 널려 있는 그늘진 집으로 데려갔다. 거기서 나온 할머니 하나가 우리를 보더니 갑자기 허둥대기 시작했다. "예약 없이 왔다. 그냥 방이나 한번 보고 싶다"고 아무리 말해도 알아듣지 못했다. 그녀 역시 이탈리아어로 뭔가를 쉴새없이 떠들어댔는데 잘 들어보니 열쇠를 가진 사람이 어디 갔으니 잠시 기다리라는 것 같았다. 그녀는 지나가는 스쿠터를 세워 누군가의 행방을 여러 차례 물었고, 스쿠터에 탄 젊은이들은 휴대폰으로 누군가에게 전화를 걸어댔다. 동네 사람들이 몰려들어 구경을 했고 가까운 바에 앉아 있던 사람들도 곁눈질을 했다. 관광객들이 행진하는 대로에서 100미터쯤을 올라왔을 뿐인데 완전히 다른 세상이었다.

이렇게까지 소란을 피우고 싶지는 않았기에 그만 내려가려 했지만 할머니는 놓아주지 않았다. 시라쿠사에서 음식점을 하는 여자의 어머니 같았다. 그녀는 우리를 딸이 보낸 사람이라고 굳게 믿고 있었다. 아마도 이 B&B를 찾아오는 손님들 대부분이 시라쿠사에서 그녀의 소개를 받고 오는 것 같았다. 우리처럼 즉흥적으로 찾는 사람은 드문 것 같았다. 마침내 스쿠터 한 대가 나타나더니 할머니에게 열쇠를 건넸다. 아마도 손님이 없는 빈방을 친척 중의 누군가가 사용하고 있는 모양이었다. 그녀가 안내해준 방은 넓고 좋았다. 주방도 있었고 침대도 크고 높았다. 최근에 보수를 한 듯 깔끔했다. 할머니는 세수를 하는 시늉을 하더니 아래층에서 수건을 가지고 올라왔다. 우리가 여기서 묵고 가리라 철석같이 믿고 있었다. 값만 괜찮으면 머물고 싶었지만 할머니는 방값을 모르고 있었다. 딸에게 물어봐야 한다고 했다. 시라쿠사의 딸에게 전화를 하면 간단할 것 같은데 그녀는 전혀 그럴 기색이 없었다. 대신 우리에게 딸의 전화번호가 적힌 꾸깃꾸깃한 메모를 주며 전화를 해보라고 했다. 꽤 오래 지니고 있었던 듯 누렇게 바랜 메모지에는 글씨마저 희미했다. 글을 모르거나 집에 전화가 없거나, 둘 중의 하나였다.

나는 그녀에게 제스처와 짧은 이탈리아어를 섞어 말했다. 따님에게 전화해서 값을 물어본 후에 내일 다시 오겠습니다. 안녕히 계세요.

그러나 나는 시라쿠사의 여자에게 전화하지 않았다. 할머니와 그녀의 손자, 그리고 동네 사람들이 떠나는 우리의 뒷모습을 보고 있었다. 그들의 눈길과 표정. 미소 뒤에 감춘 한 가족의 기대어린 갈망. 전에도 그런 시선을 받아본 적이 있었다. 바로 쿠바의 아바나에서였다.

소설 『검은 꽃』을 영화로 만들어볼까 하던 시절, 나는 영화감독과 프로듀서와 함께 아바나로 향했다. 도착 첫날 저녁, 쿠바산 시가를 사러 동네 담뱃가게에 들어갔지만 팔지 않았다. 우리가 시가를 구하는 것을 밖에서 보고 있던 이십대 청년 하나가 우리를 따라오더니 거래를 제안했다. 자기 집에 공장에서 빼돌린 몬테크리스토가 있다, 원한다면 싸게 팔겠다는 것이다. 우리는 그를 따라 뜨거운 증기탕 같은 아바나의 좁은 골목길로 걸어들어갔다. 플라스틱 주렴을 드리운 방에서 사내들이 러닝셔츠만 입은 채 텔레비전을 보고 있었고 여자들이 아이들에게 소리를 지르다 우리가 지나가자 말을 멈췄다. 우리를 낚은 친구는 연신 뒤를 흘깃거리며 우리를 데리고 골목 깊숙이 들어갔다. 문득, 아바나에서 아무나 따라가서는 안 된다고 말하던 누군가의 경고가 떠올랐다. 그러나 돌아서기엔 이미 늦어 있었다. 우리는 그의 집으로 따라 들어갔다. 우리가 모두 좁은 방으로 들어가자 뒤에서 양철 현관문이 쿵 하고 닫혔다. 누가 먼저랄 것도 없이 우리 셋은 뒤를 돌아다보았다. 그가 어쩔 수 없다는 듯 어깨를 으쓱 추켜올렸다. 그러고는 동생으로 보이는 어린 소년의 등을 두들겼다. 소년은 냅다 뛰어나가더니 망을 보았다. 눈이 어둠에 익숙해지자 집 안의 사람들이 보이기 시작했다. 늙은 할머니 하나와 그녀의 며느리로 보이는 젊은 여자, 그리고 러닝셔츠를 입은 중년남자, 그리고 십대 소년이 하나 더 있었다. 우리는 그제야 우리를 데려온 친구를 자세히 살펴볼 수 있었다. 키가 크고 목이 길었는데 눈에 띄게 긴장하고 있었다. 그의 긴장이 우리에게 전염돼 우리 역시 아무 말도 하지 않고 굳은 얼굴로 그 가족이 식탁으로 쓰는 유원지용 테이블에 둘러앉아 있었다. 그가 집 뒤로 가더니 맥주박스를 들고 왔다. 박스를 열자 몬테크리스토 No.4 케이스들이 쌓여 있었다. 그가 하나를 우리에게 보여주었다. 내가 조심성 없이 그 박스를 열려고 하자 가족들 모두가 눈을 크게 뜨고 손을 내저어댔다. 가난한 가족들의 그 절박하고 소리 없는 비명. 나는 동작을 멈추고 몬테크리스토 케이스를 살펴보았다. 케이스의 옆면에는 진품임을 보증하는 봉인이 붙어 있었다. 우표처럼 생긴 그것은 한번 떼면 다시 말끔히 붙여 되팔기가 어려워 보였다. 내게서 시가를 돌려받은 그 친구는 조심스럽게 그것을 살짝 떼어낸 후, 그 안에 들어 있는 시가를 꺼내 우리에게 보여주었다. 흰 장갑을 끼고 고서화라도 감정하는 사람 같은 태도였다. 우리는 짐짓 시가에 대해 잘 아는 척하느라 시가를 코에 대고 쿵쿵거리며 냄새를 맡아보았다. 그리고 우리끼리 한국말로 이야기를 나누었다. 그들이 전혀 알아들을 수 없는 언어로, 일부러 무표정하게 진행된 그 대화들. 한 박스에 얼마래요? 아, 그래. 꽤 싼데. 진짜 맞을까? 저렇게들 긴장하는 것 보면 진짜 같지 않아요? 한 세 상자 달라고 할까? 그랬다가 나중에 세관에서 걸리지 않을까?

사고 싶은 수량을 정하고 우리가 그들에게 고개를 돌렸을 때, 우리는 방심한 채 우리를 지켜보고 있던 온 가족의 절실한 눈빛과 정면으로 마주쳤다. 우리의 대화를 알아들을 수 없었기 때문에 그들은 언제 그 애절한 눈빛을 거두어야 할지를 모르고 있었던 것이다. 그들은 황급히 눈길을 돌렸지만 우리에게 쏟아지던 그 눈길을 이미 보아버린 뒤였다. 저 다섯 박스만 팔리면, 저 다섯 박스만 팔리면, 저 다섯 박스만 팔리면, 그리하여 저 달러가 우리 손에 들어온다면, 저 달러가 우리 손에 들어온다면, 저 달러가 우리 손에 끝내 들어오기만 한다면, 몸에 쫙 달라붙는 외화상점의 청바지도 살 수가 있고, 화사한 멕시코

산 스커트도 살 수가 있고, 작은 세탁기도 하나 들여놓을 수 있을지 몰라. 그들의 눈이 그렇게 말하고 있었다. 그 당시 아바나에선 외화 없이는 사치품을 사기 어려웠다. 청바지, 화장품, 향수, 컴퓨터 등이 아바나에서는 사치품이었다. 페소화로는 오직 밀이나 설탕, 쌀과 같은 생필품만 살 수 있었다.

문을 걸어 닫아놓은 방은 점점 더워져 숨이 막힐 지경이었는데도 고개 숙인 선풍기만이 맥없이 돌아가고 있었다. 밖에서 망을 보는 막내는 안에서 벌어지는 일이 궁금한지 골목 입구보다 방 쪽을 더 자주 들여다보고 있었다. 우리는 지갑에서 돈을 꺼내 그들에게 건넸다. 그 돈에서 눈을 떼는 사람은 아무도 없었다. 젊은이가 세는 둥 마는 둥 하며 우리 돈을 자기 어머니에게 건네고는 우리에게 줄 시가박스를 조심스럽게 다시 맥주상자에 넣었다. 우리는 그것을 가방 속에 넣고 미로 같은 구시가의 골목들을 지나 사복경찰이 성매매를 단속하는 대로로 걸어나왔다. 북유럽에서 온 건장한 노동계급의 사내들이 맥주를 마시며 지나가는 여자들을 힐끗거리고 있었다. 택시를 잡아타고 아바나 외곽의 번듯한 국영호텔로 돌아올 때까지도 그 후텁지근한 골목에서 마주친 끈적한 눈빛들이 잊히지 않았다. 욕망을 감출 수 없는, 그럼으로써 남을 부끄럽게 만드는 삶들이 뜨거운 양철지붕 아래에서 드글거리고 있었다. 우리는 카리브해를 바라보며 독한 술을 마시고 시가를 피웠다. 쿠바산 담뱃잎을 말아 만든, 잎맥 사이로 촘촘하게 스민 물기가 채 마르지 않은 부드러운 몬테크리스토는 아주 훌

룽했지만 뒷맛은 텁텁했다.

노토의 움베르토1세 거리에서 마주친 노파의 눈빛도 아바나에서
마주친 눈빛들과 크게 다르지 않았다. 딸을 잘 둔 노파의 행운을 부러
워하는 시선들이 움베르토1세 거리의 곳곳에서 번득이던 것도 내내
마음에 걸렸다. 나는 그냥 그리스극장 앞에 있는 좁은 방에 머물기로
했다. 방은 좁았지만 공동으로 사용하는 로비로 나오면 광장이 내려
다보이는 발코니가 있었고 차를 끓여 마실 수 있는 설비도 갖추어져
있었다. 심지어 시칠리아의 숙소들에서는 보기 힘든 무료 인터넷까
지 있었다. 손님들이 잭이라 부르는 사십대의 주인은 아침마다 컴퓨
터 앞에 앉아 예약들을 처리했다.

그는 언제나 오페라 아리아나 1960년대 웨스트코스트 재즈를 크
게 틀어놓았다. 서가에는 시칠리아의 풍광을 담은 다양한 사진작가
의 사진집이 구비돼 있었고 정기구독하는 〈내셔널 지오그래픽〉이 책
꽂이에 꽂혀 있었다. 내가 좋아했던 책은 『Extreme Hotels』였다. 이
글루호텔이나 수중호텔 같은 전 세계의 신기한 숙소들만 모아놓은 일
종의 화보집이었다. 노토처럼 작은 도시에서 방 네 개짜리 B&B를 운
영하는 주인의 욕망을 슬쩍 들여다본 것도 같았다. 서가 깊숙이에는
뉴욕 같은 세계의 대도시들을 담은 대형 사진집들도 있었다. 시칠리아
를 여행하는 동안 이렇게 훌륭한 장서가 구비된 숙소를 보기는 처음이
었다. 아내와 나는 잭을 오랜 외국생활을 마치고 고향으로 돌아온 이
탈리아계 미국인쯤으로 상상하고 있었다. 그러나 직접 물어보니 그는

노토에서 태어나 노토를 떠난 적이 없는 토박이였다. 잭도 외국인들이 부르기 쉽도록 만든 이름일 뿐이었다.

잭은 우리가 앞으로 만나게 될 노토 사람의 어떤 본보기 같은 인물이었다. 이들은 밀라노 같은 이탈리아 북부 대도시에서 사는 사람들보다 가난할지는 몰라도 자신이 하는 일에만큼은 그들 못잖은 자부심을 갖고 있었다. 그리고 그것을 좀더 개선하기 위해 꾸준히 노력하고 있었다. 2003년에 나온 여행안내서는 잭의 숙소를 '야한 장식으로 꾸며진 B&B'라고 폄하하고 있지만 내가 도착한 2008년의 그곳에선 더이상 '야한 장식'은 발견할 수 없었다. 오히려 그런 소규모 B&B에서 기대하기 어려운, 우아하고 세련된 바로크풍 가구와 아름다운 꽃과 그림으로 꾸며진 품격 있는 공간이었다.

나는 산도메니코성당과 그리스극장 앞 광장을 굽어보는 좁은 발코니에 앉아 차가운 맥주를 마시는 저녁시간을 사랑했다. 나는 잭이 로비에 갖다놓은 호두를 안주 삼아 까먹으며, 광장을 배회하는 노토 사람들과 빠른 속도로 날아다니는 제비들을 구경하곤 했다. 그리고 다른 투숙객들은 잘 사용하지 않는 로비를 거의 혼자 사용하다시피 하며 매일 꾸준히 글을 썼다. 아래층의 바에선 시칠리아 특산의 맛있는 아이스크림을 먹을 수 있었고 좋은 식당들도 멀지 않았다. 그렇다면 더 바랄 것이 없는 숙소였다.

노토 사람들은 먹는 문제에 대해 대단히 진지하다, 라고『론리플래닛』시칠리아편의 저자는 적고 있다. 그것은 사실이다. 나는 시칠리

아 최고의 음식들을 노토에서 먹었다고 감히 말할 수 있다. 토박이들이 와서 편하게 먹는 트라토리아부터 제대로 옷을 차려입고 가야 하는 리스토란테까지, 노토에는 다양한 식당들이 존재하고 그 각각의 식당들이 모두 먹는 문제에 대해 자기 나름대로 '진지하다'. 노토의 진짜 좋은 식당들은 당일치기 관광객이 신병들처럼 행진하는 비토리오에마누엘레 거리가 아닌 거기서 50미터쯤 걸어올라가야 하는 카보우르 거리에 있다. 마치 그것은 관광객용 음식과 토박이용 음식의 절충점을 찾겠다는 조용한 선언처럼 보인다.

노토의 식당들은 거만하지도 않지만 그렇다고 지나치게 몸을 낮추지도 않는다. 섬세하게 요리된 아름다운 음식들은 이탈리아의 물가에 비하면 고마울 정도로 싼 편이며, 특히 식사를 마무리하는 노토 특산의 디저트들은 믿을 수 없이 맛있고 저렴하다. 노토에서 모디카로 이어지는 이 지진 바로크 도시들 주변에선 호두나 피스타치오 같은 견과류가 많이 나고 아프리카로부터 질 좋은 카카오를 쉽게 들여올 수 있는 위치에 있어 예로부터 아이스크림과 초콜릿으로 유명했다고 한다.

시칠리아인들의 주장에 의하면 아이스크림 역시 시칠리아가 원산이라고 한다. 에트나산의 만년설을 이용해 만든 것이 바로 아이스크림의 원조라는 것이다. 그것이 사실이든 아니든 간에 시칠리아인들이 아주 오래전부터 아이스크림을 먹었던 것은 분명하다. 그리고 나 역시 내 인생 최고의 아이스크림을 먹은 곳은 시칠리아에서였다. 그중 하나는 노토의 비토리오에마누엘레 거리의 한 카페에서였다. 노토의 아이스크림은 풍성하되 진득하지 않고 시원하면서도 부드럽다.

카보우르 거리의 골목 속에 숨어 있는 멋진 식당들에서 먹은 요리들을 생각하면 지금도 그곳이 못 견디게 그리워진다. 싱싱한 문어와 오징어, 새우와 조개로 요리한 리소토와 파스타, 상큼한 전채와 따뜻한 홍합 수프. 친절하고 소박한 주인들이 접시를 비운 우리를 보고 기뻐하며 "음식이 마음에 들었냐"며 조심스레 묻던 장면들도 차례로 떠오른다.

식도락이야말로 순간의 즐거움이다. 그것은 사진으로 찍어 남길 수도 없고 잘 보존하여 간직할 수도 없는 성질의 것이며 그 자체로는 아무것도 생산하지 않는다. 어느 한순간 최고의 행복감을 주지만 그 순간이 지나면 천천히 사그라진다. 몇 줄의 문장으로 겨우 남을 뿐이다.

노토를 떠난 지 한참이 지난 지금에서야 나는 묻는다. 왜 노토 사람들은 그토록 먹는 문제에 진지해진 것일까. 혹시 그것은 그들이 삼백 년 전의 대지진에서 살아남은 이들의 후손이기 때문은 아니었을까? 사하라의 열풍이 불어오는 뜨거운 광장에서 달콤한 피스타치오 아이스크림을 먹는 즐거움을 왜 훗날로 미뤄야 한단 말인가? 죽음이 내일 방문을 노크할지도 모르는 일이 아닌가. 죽음을 기억하라는 메멘토 모리 Memento Mori 와 현재를 즐기라는 카르페 디엠 Carpe Diem 은 어쩌면 같은 말일지도 모른다.

이제 마지막으로 한 도시가 남았다. 시칠리아 여행을 마무리하기에 이보다 더 좋은 곳은 없을 것이다. 가장 먼저 이곳에 들렀더라면 다른 도시들이 시시해 보였을지도 모른다. 그리스의 신들이 현대의 인간들을 기다리는 곳. 바로 아그리젠토다.

노토대성당 앞에서 축구경기를 관람하는 노토 시민들

노토의 골목

노토대성당 내부

노토 거리의 작은 식당

노토대성당의 들개

신전이라는 말에는 태생적으로 아이러니가 있다.

신전은 신이 사는 집이지만 실은 인간이 지은 것이다.
신전은 인간 스스로가 상상해낸,
크고 위대한 어떤 존재를 위해 지은 집이다.

그러나 인간이 지어올렸기에
이 집들은 끝내 돌무더기로 변해버린다.
세월이 지나면 무너진다는 것,
폐허가 된다는 것,
이것이야말로 신전이라는 건축물의 운명이다.

그렇게 무너진 신전을 바라본다는 것은
이중으로 쓸쓸한 일이다.
제우스나 헤라, 포세이돈 같은 신들이
상상 속의 존재에 불과하다는 것,
인간이 세운 높고 위태로운 것은
마침내 쓰러진다는 것을 알게 되기 때문이다.

하나의 문명이 사라지면
그 문명이 상상했던 것들까지도 함께 소멸한다.
그러나 분명한 것은 이곳에 살았던 일군의 인간들이
자신을 닮은 어떤 존재들을
한때 진지하게 믿었다는 것이다.
현대의 우리가 하늘을 날아다니는
슈퍼히어로에 열광하듯……

......
그들은
강하고
지혜롭고
유쾌한
신들을 만들었고
거대한
신전을 지어
그들에게
바쳤다.

죽은 신들의
사회

대부분의 관광객들은 오직 한 가지 이유 때문에 아그리젠토에 온다. 바로 '신전의 계곡'을 보러 오는 것이다. 신전의 계곡에는 이 도시가 그리스문명의 일원이던 시절에 건설된 거대한 신전들이 남아 있다. 시칠리아의 여행안내서 대부분은 이 신전의 계곡 사진을 표지로 하고 있다. 특히 거의 온전하게 보존돼 있는 콘코르디아신전을 이렇게, 또는 저렇게 찍어 시칠리아를 대표하는 이미지로 보여주고 있다. 그래서 아그리젠토에 도착할 무렵이면 그 이미지가 식상하게 느껴진다.

그러나 막상 신전의 계곡에 와보면 왜 수많은 편집자들이 그럴 수밖에 없었는지를 알게 된다. 그만큼 압도적이고 인상적이다. 아그리젠토가 시칠리아를 대표하지는 않지만 책상 위에 사진들을 늘어놓고 단 한 장의 사진을 뽑으라면 콘코르디아신전의 사진을 집어들지 않을 수 없을 것이다. 연기력 뛰어난 조연들이 많아도 감독이나 제작자는 언제나 스타를 주연으로 쓰게 된다. 인간은 뛰어나게 독특한 것으로 시선을 돌리도록 진화해왔다. 그리고 영화든 책이든, 사람들의 주의를 단숨에 끌지 못하면 실패하고 만다. 결국 시칠리아 도시들 간의 치열한 관광객 유치 경쟁은 압도적인 한 장의 이미지를 가진 아그리젠토의 승리로 귀결된다. 결정적인 순간에 한 방을 터뜨려주는 홈런 타자가 있다면 야구가 훨씬 잘 풀리듯이.

노토에서 아그리젠토로 가는 길 역시 험하고 난잡했다. 시칠리아에선 뭐든 쉽고 간단한 게 없다. 노토의 숙소 주인에게 아그리젠토로 가는 기차편을 물어보자 처음부터 난색을 표했다. 지도상으로 보면 노토와 아그리젠토는 해안을 따라 170킬로미터 정도밖에 떨어지지 않았다. 노토와 아그리젠토를 잇는 기차선로도 보인다. 그러나 숙소 주인은 노토역에 전화를 걸어보더니 고개를 절레절레 흔들며 쪽지 한 장을 들고 왔다.

"아그리젠토로 가려면 다섯 번을 갈아타야 된다는군요. 나도 잘 이해가 안 되는군요. 왜 이러는지. 그리고 중간에 버스를 타고 이동해야 한다는데요."

"버스요?"

기차에서 짐을 내려 다시 버스터미널을 찾아 버스를 타고 다른 기차역으로 이동하는 일은 기온이 30도가 넘는 한낮이 아니라도 힘든 일이다.

신전의 계곡

"그럼 아그리젠토로 한 번에 가는 버스는 없나요?"

"없어요."

"그럼 만약 노토 사람이 아그리젠토에 갈 때는 뭘 타고 가나요?"

"자기 차를 몰고 가지요."

나는 주인이 가져온 메모를 다시 들여다보았다. 아무래도 중간에 버스로 갈아타야 한다는 게 마음에 들지 않았다. 나는 그냥 젤라까지 기차를 타고 가서 거기에서 알아보리라 마음을 먹었다. 여행안내서에는 젤라와 아그리젠토 사이에는 하루종일 직행열차가 다닌다고 씌어 있다. 그렇다면 한 번 정도만 갈아타면 아그리젠토에 갈 수 있을 것이다. 잠시 고민하는 사이 주인이 사라졌다. 우리는 인사나 하고 가려고 기다렸지만 그는 나타나지 않았다. 그래서 그냥 짐을 끌고 숙소 밖으로 나오는데 주인이 어디선가 우리를 찾아 허겁지겁 달려오고 있었다. 그의 손에 다른 쪽지가 들려 있었다. 표정이 밝았다.

"좋은 소식이에요. 좀더 간단하게 갈 수 있을 것 같아요. 방금 역에 다시 알아봤는데 두 번만 갈아타면 될 것 같아요. 노토에서 젤라까지 가서 거기서 카니카티까지 가고 거기서 아그리젠토행 기차를 타면 돼요."

진심으로 고마웠다. 새로 건네준 쪽지는 역에서 프린트해온 것이었다. 우리가 고민하는 사이 역까지 가서 역무원에게 직접 물어 아그리젠토행 연결편의 시간표를 인쇄해온 것이었다. 우리는 그와 인사를 나누고 역으로 향했다.

노토에서 젤라까지 가는 기차는 기관차까지 합해 모두 세 량이었는데 지진 바로크 도시들을 지나간다. 모디카와 라구사 같은 도시들을 지나 시칠리아 남쪽 해안으로 나아가 젤라를 향해 서진한다. 차장과 승객들은 만날 때마다 반갑게 인사를 나눴고 기차는 아주 천천히, 좌우로 휘청거리며 위태로운 선로 위를 달렸다. 산악지대를 벗어나 해안지대로 내려가자 기차 안이 더워지기 시작했다. 낡은 열차의 빈약한 에어컨으로는 더위를 감당하지 못해 실내가 온실처럼 뜨거웠다. 밖으로는 올리브나무와 포도나무를 심은 밭들이 나타나기 시작했다.

마침내 유서 깊은 고대도시 젤라에 도착했다. 기차역은 크고 넓었지만 사람은 거의 없었다. 렌터카를 빌려서 아그리젠토와 셀리눈테 같은 해안지대의 그리스유적들을 돌아볼까 해서 역 앞 광장에 나가봤지만 아무것도 없었다. 놀라울 정도로 텅 빈 역이었다. 로또 복권과 커피를 파는 역 구내 바에는 아침에 팔다 남은 코르네토가 딱 하나 남아 있었다. 나는 그것과 맥주를 사서 먹었다. 여기서 배를 타고 남하하면 튀니지 해안가, 그러니까 그 옛날의 카르타고에 닿게 된다. 젤라는 그리스인들이 건설한 도시였지만 그런 흔적은 찾기 어려웠고 이제는 북아프리카의 무질서한 대도시처럼 보였다. 후끈후끈한 공기가 바 문이 열릴 때마다 끼쳐들어왔고 새로 들어온 사람은 부끄러움을 모르고 우리를 쳐다보았다.

노토의 숙소 주인이 일러준 기차시간이 되자 플랫폼에 가서 기다

카니카티역

렸다. 그러나 플랫폼에는 우리 말고는 아무도 없었다. 불길했다. 시간이 다 돼도 사람은 늘어나지 않았고 안내방송 하나 나오지 않았다. 열차가 이런 식으로 태연하게 연착하는 일이 한두 번이 아니었으므로 우리는 이십 분이 지날 때까지는 차분히 기다렸다. 플랫폼에 붙어 있는 시간표에도 엄연히 카니카티행 열차시각이 적혀 있었다. 그러나 이십 분이 지나자 이상하다는 생각이 들었다. 나는 단 한 명의 여자 역무원이 전화통을 붙잡고 친구와 수다를 떠는 매표소로 가서 상황을 물어봤지만 전혀 말이 통하지 않았다. 그녀는 'No'와 '버스'만 반복했다. 왜 자꾸 버스를 타라는 거지? 나는 열차가 왜 아무 안내방송도 없이 오지 않는지, 시간표에 있는 카니카티행 다음 열차는 오기는 오는 건지 물었다. 그러나 그녀는 고개를 저으며 계속 '버스'를 타라고만 했다. 도대체 기차역에서 왜 자꾸 버스를 타라고 하는 걸까? 결국 길고 지난한 의사소통 끝에 우리는 기차를 타는 것은 불가능하며 대체 교통편인 버스를 타고 가는 수밖에는 없다는 결론에 이르렀다.

다음 열차시간에 맞춰 역 앞으로 나가자 아무 표시도 없는 평범한 미니버스 한 대가 사람들을 태우고 있었다. 표지판도 없었고 안내하는 사람도 없었다. 그런데도 다들 당황하지 않고 버스에 올라탔다. 버스는 요금도 받지 않았고 티켓도 요구하지 않았다. 이상한 버스였다. 버스는 몇 개의 간이역을 더 지나며 우리 같은 손님들을 태우더니 한 시간이나 지나서야 카니카티역에 우리를 내려주었다. 카니카티역은 선로가 두 개밖에 없는 일종의 간이역 같았다. 그 작은 역에는 우리만

큼이나 이 모든 과정을 어이없어하는 사람이 하나 있었다. 혼자 시칠
리아를 여행하는 로마 여자였는데 유창한 영어를 구사하고 있었다.
버스를 타고 오는 내내 운전사 뒤에 앉아서 이런저런 질문들을 퍼붓
던 아주머니였다. 얘기를 나눠보니 모로코에서 태어나 이탈리아 시
민이 된 특이한 이력의 소유자였다.

"여기서 기다리면 정말 아그리젠토에 갈 수 있는 거예요?"

그녀가 나에게 물었다. 나는 그런 것 같다고 자신 없이 말했다. 그
녀 역시 조금 전의 그 이상한 버스여행이 이해가 안 되는 것 같았다.
이탈리아 말을 유창하게 하는 그녀조차도 시칠리아의 이 이상한 철
도 시스템은 납득이 안 가는 모양이었다. 모르긴 해도 지난 몇 년 사
이에 시칠리아 남부의 기차 이용객이 급격하게 줄어들어 본래는 멀
쩡하게 운영되던 구간이 폐쇄된 것 같았다. 그리고 그 구간을 이용하
려는 몇 안 되는 승객들, 예를 들어 그녀나 우리 같은 여행자들은 작
은 버스로 실어다주는 것 같았다. 그게 사실이라면 악순환인 것이다.
이런 시스템이라면 누가 시칠리아에서 기차를 타겠는가.

그녀는 고개를 절레절레 흔들며(시칠리아에서는 이런 제스처를 자
주 목격하게 된다) 이탈리아 남부는 정말 시스템이 한심하다고 했다.
아름다운 자연도 관리를 못하고, 이렇게 열차운행 하나도 제대로 하
지를 못한다고 불평했다. 지금까지는 버스를 타고 여행하거나 시칠
리아의 친구들이 차를 태워주었기 때문에 이런 고생은 하지 않았다
고 했다.

"시칠리아에 친구들이 많으신가봐요?"

"나는 여호와의 증인이에요. 우리는 서로 의지하고 돕는 것을 기쁘게 생각한답니다."

"아, 그렇군요. 그럼 당신도 시칠리아의 친구가 로마에 오면 구경도 시켜주겠네요."

"그럼요. 모디카의 친구는 지난겨울에 벌써 로마를 다녀갔답니다. 우리는 그때 처음 만났지요."

나는 어린 나이에 제 발로 감옥에 가는 한국의 여호와의 증인들을 생각하고 있었다. 군대 시절, 나는 수십 명의 어린 여호와의 증인들이 훈련소에 입소하자마자 집총을 거부하고 헌병대로 끌려가고, 몇 달간의 영창생활과 기계적인 재판을 거쳐 수원교도소로 이감돼 생애 첫 사회생활을 감옥에서 시작하는 장면들을 여러 번 목격한 바 있다. 그러나 그녀에게 그런 얘기는 하지 않았다. 대신, 한국에도 당신과 같은 종교를 믿는 사람들이 꽤 있지요, 라고만 했다.

잠시 후, 아그리젠토행 기차가 도착했다. 기차는 남쪽으로 달렸다. 너른 밀밭과 보리밭, 함부로 지은 아파트들을 지났다. 기차는 아그리젠토 바사역을 지나 신전의 계곡이 내려다보이는 아그리젠토 중앙역에 우리를 내려주었다. 여호와의 증인은 마중 나온 친구를 만나러 가며 우리의 여행이 안전하기를 기원해주었다.

나는 공중전화를 찾아 신전의 계곡에 있다는 한 호텔에 전화를 했다. 다행히 방이 있었다. 택시를 타고 호텔로 들어서자 직원은 예약

아그리젠토로 향하는 기차 안에서 바라본 시칠리아 중부의 평원

은 했느냐고 물어왔다. 그렇다, 조금 전에 역에서 전화를 한 사람이라고 하자 그는 단호하게 고개를 저으며 그럴 리가 없다고 했다. 자기가 오후 내내 프런트에 있었는데 나 같은 이름을 들어본 적이 없고 예약 전화도 받은 적이 없다고 한다. 그럼 내 전화를 받은 사람은 유령이란 말인가? 내가 거기가 '빌라아테나' 호텔이냐고 물었을 때, 전화를 받은 사내는 분명 그렇다고 말했던 것이다. 당황한 내가 그 호텔의 전화번호가 적힌 여행안내서를 꺼내 보여주자 그제야 그는 "거기 적힌 우리 호텔 전화번호는 잘못된 것이다. 시내에 있는 다른 호텔의 전화번호다. 혹시 예약하면서 그쪽에 신용카드 번호를 불러줬는가?" 하고 물었다. 내가 아니라고 하자 다행이라고 했다. 그들은 엉뚱한 손님들에게서 예약을 받고는 그 손님이 나타나지 않아도 요금을 청구한다는 것이다. 그러면서 그는 그 이상하고도 못된 호텔의 이름을 말해주었다. 나는 깜짝 놀랐는데 왜냐하면 지난겨울, 방송 제작팀과 함께 묵은 호텔이었기 때문이다. 숙소를 찾아 아그리젠토 시내를 밤늦도록 헤매다 결국 그 호텔에 여장을 풀었더랬다. 호텔은 텅 비어 있었고 관리가 제대로 돼 있지 않았다. 신전이 보이는 방을 준다고 했지만 거짓말이었고, 한마디로 모든 게 엉망이었다. 그들은 여행안내서에 나온 유명한 호텔을 사칭해서 살아가는 기묘한 존재였다.

　프런트의 직원은 내게 그 이상한 호텔에서 얼마를 부르더냐고 물었다. 내가 그들이 제시한 가격을 말하자 그는 한숨을 푹 쉬며 하는 수 없이 자기들도 그 값에 방을 주겠다고 했다. 지난겨울의 그 으스스

한 호텔로는 다시 갈 생각이 없었고 아그리젠토의 뜨거운 더위와 이상한 기차 갈아타기에 이미 충분히 지쳐 있었기 때문에 나는 흔쾌히 직원의 제안을 받아들였다. 그러나 숙박계에 서명을 하면서는, 이들 역시 그 '이상한 호텔' 접수계의 도움으로 별 노력 없이 손님들을 끌어들이고 있는 것은 아닌가 하는 의심이 들었다.

어쨌든 이 모든 우여곡절 끝에 투숙하게 된 방은 그런대로 훌륭했다. 무엇보다 전망이 근사했다. 방으로 들어가 발코니로 난 문을 열어젖히면 눈앞에 콘코르디아신전이, 마치 투숙객 개인의 소유물처럼 나타난다. 이렇게 신전의 계곡에 근접한 호텔이 있을 수 있다니! 믿어지지 않았다. 나는 방 안으로 도로 들어갔다가 다시 나와보았다. 그러나 콘코르디아는 여전히 거기에 있었다. 콘코르디아신전은 너무 완벽한 상태로 남아 있어서 마치 기념품상점에서 파는 가짜처럼 보였다.

아그리젠토는 본래 아크라가스라는 이름으로 불렸다. 아크라가스역시 시라쿠사처럼 그리스인들에 의해 세워진 도시였다. 아그리젠토로 가는 내내, 그리고 아그리젠토에서 묵는 내내 아크라가스의 구리 황소 이미지가 머릿속을 떠나지 않았다. 아크라가스의 참주 팔라리스는 잔혹하기로 이름이 높았다. 그는 구리로 황소 모형을 만들어 그 안에 자신의 적을 집어넣고 불고문을 했다. 희생자가 고통을 못 이겨 발버둥을 치고 소리를 지르면 구리 황소는 요란한 소리를 냈다. 그럴 때마다 그는 그 소리를 들으며 즐거워했다고 한다. 희생자가 죽어가

콘코르디아신전

콘코르디아신전 야경

는 동안 포악한 참주는 "황소가 암소의 소리를 내는구나" 하고 비웃었다고 한다.

그러나 그의 치세 동안 아크라가스는 번성하여 국운을 떨쳤다. 당시의 아크라가스가 얼마나 융성했었는지는 신전의 계곡을 조금만 걸어보면 알 수 있다. 헤라의 신전에서부터 콘코르디아, 헤라클레스의 신전을 거쳐 제우스신전의 폐허까지, 길이와 면적만으로도 로마의 포로로마노에 필적하는 대도시가 존재했음을 짐작할 수 있다. 게다가 남아 있는 신전들은 아테네 등 그리스 본토의 신전들에 비추어 규모나 높이, 완성도에서 결코 뒤지지 않는다. 도시의 중심을 이루었을 이 신전들은 북으로는 너른 벌판을, 남으로는 지중해를 바라보는 나지막한 언덕 위에 건설되었다. 아크라가스 앞바다를 지나가는 카르타고와 그리스, 페니키아와 그 밖의 모든 나라의 선박들에 승선한 선원들은 바닷가 언덕 위에 훤히 불을 밝힌 위세 등등한 신전들을 경외의 심정으로 우러러보았을 것이다.

그러나 그 신전들은 이제 무너져 기둥 몇 개만 남아 있다. 호텔의 발코니에 앉아 그중 가장 온전하게 남아 있는 콘코르디아신전을 바라보며 스스로에게 묻는다. 저런 유적들은 왜 우리의 눈길을 단박에 사로잡는가? 왜 우리는 저런 반쯤 무너져버린 불완전한 건물들에서 마저 미적 쾌감을 얻는 것일까? 왜 유네스코와 이탈리아 정부는 엄청난 세금을 들여 이 유적들을 복원 혹은 보존하려는 것일까? 그리고 왜 아무도 그것에 대해 반대하지 않는 것일까? 왜 우리는 어떤 건물들은 거금을 들여서라도 보존하고, 거듭하여 그것을 감상하는 것이 당연하다고 믿는 반면, 다른 어떤 건물들은 무가치하다고 여겨 당장 무너뜨려 한줌의 먼지로 만들어버리는 게 마땅하다고 믿는 것일까? 아그리젠토의 신전들은 자연스럽게 이런 의문들을 불러일으킨다.

고대의 미학자들은 균형미에서 그 해답을 찾았다. 완벽한 균형과 면의 황금분할은 그 자체로 보는 이를 매혹시킨다는 것이다. 어린아이가 미인을 오래 바라보듯 비례를 지켜 잘 지어진 건물은 그것만으로도 보는 이의 넋을 빼놓는다. 아그리젠토 언덕 위의 저 신전들은 건축 당시에 비해 더 단순하고 명료해졌다. 건물을 장식하던 어지러운 색채와 벽면에 돋을새김되었을 정치적 구호들, 그리고 시선을 분산시키던 주변의 추한 건물들은 무정한 세월과 함께 사라져버렸다. 그리고 이제는 비례와 형태, 완벽한 균형만 남아 건축 당시에는 전혀 의도하지 않았던 미니멀한 시각적 충격을 방문객들에게 던져주고 있다.

아그리젠토의 대부분의 주민들은 신전의 계곡에서 1킬로미터쯤 떨어진 높은 언덕 위에 밀집하여 살고 있다. 신전의 계곡에서 아파트들이 무질서하게 들어선 아그리젠토 시내를 올려다보는 마음은 착잡하다. 고대의 아크라가스와 현대의 아그리젠토는 대조적이다. 그곳에서는 자연스럽게 신과 인간, 균형과 혼란, 고대와 현대, 미와 추 같은 변증법적 대립항으로 사고하게 된다. 그러나 모든 이분법이 그렇듯 그것도 그렇게 간단하지만은 않을 것이다.

이른 아침 나는 해수면에 가까운 신전의 계곡, 신들의 도시를 출발하여 저 높은 곳의 막막한 슬럼, 인간의 도시를 향해 걷기 시작했다. 아그리젠토의 최고기온이 섭씨 38도에 이른 날이었고 아침 여덟시밖에 안 됐는데도 더위가 대단했다. 태양이 무자비하게 작열했다. 멈춰서면 올리브나무처럼 땅에 붙박혀버릴 것 같은 날씨였다. 나는 지난밤에 내다버린 쓰레기들이 널려 있는 경사로를 따라 올라가다가 과일 행상에게 길을 물었다. 그러자 그가 지름길을 가르쳐주었다. 큰비 내리면 금세 산사태라도 날 것 같은 가파른 계단이었다. 나는 땀을 비 오듯 흘리며 한 발짝 한 발짝 걸었다. 마침내 모든 계단을 다 오르자 다시 아그리젠토 중앙역이었다. 나는 시칠리아를 떠날 기차편을 예약했다. 예약은 했지만 그 기차가 메시나해협을 제대로 건너갈지는 아직 모를 일이었다. 레스토랑에서 만난 호텔 사장은 기차를 타고 시칠리아를 떠난다는 우리를 마지막까지 만류했다.

"역무원의 컴퓨터에 뜬다고 그 기차가 가는 줄 아시오? 그냥 팔레르모에서 비행기를 타고 가죠. 왜 고생을 사서 하려는 게요?"

현대의 아그리젠토는 아편 밀매와 마피아로 악명이 높다. 아편은 북아프리카에서 바다를 건너오고 마피아는 그 아편을 유럽 전역으로 배달한다. 그리고 마피아들은 아그리젠토 전역에 볼썽사나운 불법 건축물을 지어 돈을 번다. 아테네나 방콕처럼, 정부의 통제가 뜻대로 잘 먹히지 않는, 불법과 탈법이 난무하여 끝내는 애초의 도시계획이 크게 어그러지고 마는, 제3세계의 흔하디흔한 대도시를 닮은 구석이 아그리젠토에도 있다. 이런 도시는 세련된 멋과 섬세한 예절보다 남성적 힘과 권력을 숭상하기 마련이다. 그래서인지 아그리젠토의 남자들은 모든 행동과 말에서 마초적인 기운을 강하게 풍긴다. 미간에 주름을 잡고 말도 짧게 하는 편이지만 그렇다고 위협적이지는 않다. 인상은 거칠지만 막상 말을 섞으면 금세 친근감을 풍긴다.

우리가 묵은 호텔의 주인은 아그리젠토 남자의 한 전형이라 할 수 있다. 마지막 식사를 하러 식당에 들어가자 그는 우리에게 등을 돌리고 거울을 바라보았다. 그리고 말없이 나비넥타이를 매고 흰 양복 윗도리를 걸치고서야 우리 앞에 다시 나타났다. 그는 무뚝뚝했지만 정중했다. 자신의 힘과 위세를 충분히 과시하면서도 필요한 친절은 잊지 않았다. 허겁지겁 메뉴를 결정하려는 우리를 만류하며 그는 우아한 태도로 차가운 물 한잔을 권했다.

"부인, 천천히 하시지요. 날이 덥습니다."

흰 양복을 입은 그가 씩 웃으며 말했다. 우리는 그의 말대로 차가운 물 한잔을 마시고 링귀니와 조개 리소토를 시켰다. 어린 웨이터가 사장을 어려워하며 종종걸음을 쳤다. 우리는 그와 시칠리아의 기차 시스템에 대해 격의 없는 환담을 나누며 느긋하게 시칠리아에서의 마지막 식사를 만족스럽게 해치웠다. 택시에 짐을 싣고 역으로 떠나는 우리에게 그가 잘 익은 오렌지 두 개를 쥐여주었다. 오렌지 역시 아편과 마찬가지로 아랍인들이 아름다운 섬에 전해준 것이다.

그후로 오랫동안 아내와 나는 힘든 일을 당하며 낙심할 때마다, 혹은 당황하여 우리 중 누군가가 허둥댈 때마다 그 멋쟁이 사장의 느긋한 대사를 서로에게 들려주었다. 이탈리아어 원어로 그대로 옮기면 다음과 같은 간결하고 산뜻한 표현이 된다. "Signora, prego. È caldo." 우리는 마법의 주문처럼 이 말을 외우고 그럴 때마다 거짓말처럼 다시 인생에 대한 느긋한 태도를 되찾을 수 있었다.

우리는 시칠리아 북부의 테르미니 이메레세역까지 가서 밀라노행 열차로 갈아탔다. 열차는 우리의 우려와는 달리 무사히 메시나역을 통과해 메시나해협을 건너는 페리에 올라탔다. 열차가 완전히 페리 안으로 들어가자 객실 안의 에어컨이 꺼졌다. 후텁지근한 공기가 기름 냄새와 뒤섞여 호흡기로 밀려들었다. 볼이 붉은 어린 차장이 객실 문을 잠그면서 승객들더러는 갑판 위로 올라가라고 손짓을 했다. 승객들은 땀을 흘리며 좁은 계단을 걸어 갑판 위로 올라갔다. 출구를 기억해두세요. 그래야 자기 객실로 돌아올 수 있어요. 친절한 이탈리아 아주머니가 계단으로 올라가는 내 뒤통수에 대고 충고했다. 나는 발길을 멈추고 출구의 번호를 살피고 외웠다.

갑판 위에 오르자 메시나항의 불빛들이 찬란하게 빛나고 있었고 힘차게 불어온 선선한 바람이 승객들의 땀을 식혔다. 기차를 타고 가다가 내려 거대한 배의 갑판 위에서 바닷바람을 쐬게 되는 일은 흔치 않은 일이다. 이제 곧 메시나대교가 건설돼 시칠리아와 이탈리아 본토가 연결되면 이런 여행담도 먼 옛날의 일이 되고 말 것이다.

갑판 위에서는 여러 나라의 말이 들렸다. 나는 매점에서 캔맥주를 사서 말이 통하지 않는 사람들과 함께 바다를 보며 마셨다. 서로 아무

대화가 없었지만 교감은 가능했다. 모든 승객들은 방금 떠나온 시칠리아 쪽을 보고 있었다. 메시나에서 이어지는 해안선은 점점이 이어진 노란 불빛들로 빛나고 있었다. 나는 극장에서 영화를 보다가 가끔 뒤를 돌아보곤 한다. 낯선 이에게는 결코 내보이지 않는 행복한 표정의 얼굴들이 반딧불이처럼 희부윰하게 빛나는 광경은 볼 때마다 기분이 좋아진다. 그런 마음으로 나는 페리의 난간에 기대 메시나항을 바라보는 승객들의 얼굴들을 바라보았다. 떠나는 아쉬움과 아직 사라지지 않은 여행지의 흥분, 그리고 메시나항의 불빛으로 그들의 얼굴은 발갛게 상기돼 있었다. 나는 모든 이의 만류에도 불구하고 기차를 타고 해협을 건너기를 잘했다고 생각했다. 오는 길과 달리 떠나는 길은 비교적 평탄하였다. 나는 내 마음속의 시칠리아에게 작별의 인사를 했다. 맛있는 음식과 거칠고 순박한 사람들, 아직 다듬어지지 않은 매력으로 가득한 오래된 유적과 어지러운 거리들을 생각했다. 시칠리아는 나에게 현재의 삶을 있는 그대로 즐기는 법을 가르쳐주었다.

마침내 뒷걸음질쳐 항구를 빠져나오던 페리가 단호하게 선수를 돌리자 메시나가 시야에서 사라졌다. 동시에 시칠리아라는 거대한 섬, 신화와 전설로 가득한 외눈박이 거인들의 메마른 섬도 멀어져 갔다.

"시칠리아에 다시 오게 될까?"

뱃전에서 아내가 물었다.

"다시 오게 될 거야."

"어떻게 알아?"

"그냥 알 수 있어."

나는 힘주어 말했다. 아내가 뱃머리에 부서지는 흰 물살을 굽어보다 말했다.

"난 좀 다른 사람이 된 것 같아."

"어떤 사람?"

"난 모든 일이 계획대로 진행되지 않으면 안절부절못하는 사람이었어."

아내는 정말 걱정이 많은 사람이었다. 걱정을 해놓아야 그 일이 일어나더라도 감당할 수 있다는 믿음이 있었다.

"특히 여행 같은 거 떠날 때는 더더욱 그랬지. 예약하고 확인하고 또 확인하고. 그런데 시칠리아 사람들 보니까, 이렇게 사는 것도 좋은 것 같아."

"이렇게 사는 게 뭔데?"

"그냥, 그냥 사는 거지. 맛있는 것 먹고 하루종일 얘기하다가 또 맛있는 거 먹고."

"그러다 자고."

"맞아. 아무것도 계획하지 않고 그냥 닥치는 대로 살아가는 거야."

"가이드북 보니까 이탈리아에 이런 속담이 있대. 사랑은 무엇이나 가능하게 한다. 돈은 모든 것을 이긴다. 시간은 모든 것을 먹어치운다. 그리고 죽음이 모든 것을 끝장낸다."

"갑자기 뜬금없이 웬 속담?"

아내가 짐짓 딴지를 걸어왔다.

"그러니까 여행을 해야 된다는 거야."

"결론이 왜 그래?"

"결론이 어때서?"

우리 말고는 아무도 알아듣지 못하는 잡담이 거센 바닷바람에 풀어지는 사이, 시칠리아섬은 우리의 시야에서 완전히 사라졌다. 시칠리아여, 안녕! Arrivederci, Sicilia!

타오르미나의 기념품 가게

팔레르모 시내

에리체 가는 길

네가 잃어버린 것을 기억하라

아드리아해에 면한 항구도시 바리에서 두브로브니크로 가는 배를 기다리고 있을 때였다. 페리가 떠나는 터미널에는 동유럽 악센트로 떠드는 승객들이 삼삼오오 모여 있었다. 몇몇은 의자에 누워 잠을 청하며 배가 떠날 시간을 기다리고 있었다. 마침내 밤이 깊어 커다란 배가 떠날 준비를 마치자 승객들은 짐을 챙겨 보세구역으로 들어가기 시작했다. 보세구역 입구의 전광판에는 영어로 'Memory Lost'라는 문구가 거듭하여 점멸하고 있었다. 누군가 이탈리아어를 영어로 그대로 직역한 모양이었다. 짐작건대 '유실물에 주의하세요'나 '잃어버린 물건이 없나 잘 기억해보세요'쯤 되는 경고를 하려던 것 같았다. 그것은 아마도 라틴어 'Memento Mori'와 같은 구조를 가진 문장이었을 것이다. 그러나 번역이 잘못되면서 그 안내문은 돌연 시적인 뉘앙스를 풍기게 되었다. 영어로는 '기억상실' 혹은 '잃어버린 기억' 정도로 읽힐 그 문장이 내게는 이렇게 보였다.

'네가 잃어버린 것을 기억하라.'

돌아보면 지난 시칠리아 여행에서 나는 아무것도 잃지 않았다. 그 긴 여행에서 그 어떤 것도 흘리거나 도둑맞지 않았다. 이번 여행에서는 운이 좋았던 것이다. 혹시나 하는 마음에 나는 다시 짐을 점검해보았다. 있을 것들은 모두 있었다. 오히려 내가 잃어버린 것들은 모두 서울에 있었다. 전광판을 보며 나는 지난 세월 잃어버린 것들을 생각하기 시작했다. 편안한 집과 익숙한 일상에서 나는 삶과 정면으로 맞장뜨는 야성을 잊어버렸다. 의외성을 즐기고 예기치 않은 상황에 처한 자신을 내려다보며 내가 어떤 인간이었는지를 즉각적으로 감지하는 감각도 잃어버렸다. 아무 일도 벌어지지 않는 나날들에서 평화를 느끼며 자신과 세계에 집중하는 법도 망각했다. 나는 모든 것을 갖고 있었기 때문에 그 어느 것에 대해서도 골똘히 생각할 필요가 없었는지도 모른다.

어린 날의 나는 아무것도 하지 않는 무위의 날, 건달의 세월을 견딜 줄 알았고 그 어떤 것도 함부로 계획하지 않았고 낯선 곳에서 문득 내가 어떤 종류의 인간인지를 새삼 깨닫고 놀랄 줄 아는 사람이었다. 그러나 언제부터인가 나는 전혀 다른 종류의 인간이 되어 있었다. 그런데도 나는 내가 변했다는 것조차 모르고 있었다. 비슷한 옷을 입고 듣던 음악을 들으며 살았기 때문에 나는 내가 어느새 그토록 한심해하던 중년의 사내가 되어버렸다는 것을 눈치채지 못했던 것이다.

아니, 애써 외면해왔을지도 모른다. 정말 젊은 사람들은 젊은이의 옷을 입는 사람이 아니라 젊게 생각할 수 있는 사람이다. 젊게 생각한다는 것은 늙은이들과 다르게 생각한다는 것이다. 늙은이들은 걱정이 많고 신중하여 어디로든 잘 움직이지 않는다. 그리고 자신의 육신과 정신을 이제는 아주 잘 알고 있다고 믿는다. 반면 젊은이들은 자신의 취향도 내세우지 않으며 낯선 곳에서 받는 새로운 감흥을 거리낌없이, 아무 거부감 없이 자신의 것으로 만드는 사람들이다. 늙는다는 것은 무엇일까? 그것은 세상과 인생에 대해 더이상 호기심을 느끼지 않게 되는 과정이다. 호기심은 한편 피곤한 감정이다. 우리를 어딘가로 움직이게 하고 무엇이든 질문하게 하고 이미 알려진 것들을 의심하게 만드니까.

Memory Lost.

잃어버린 것들에 대해 생각하는 동안 페리는 이탈리아를 떠나 크로아티아의 두브로브니크로 움직이기 시작했다. 먼 옛날 그 도시에서 한 사내가 동쪽으로 가면 황금의 도시에 도달할 수 있다는 전설을 믿고 길을 떠났다. 우리가 올라탄 배는 그의 이름을 좇아 선명을 지었다. 마르코 폴로는 두브로브니크에서 멀지 않은 코르출라섬에서 태어났다. 두브로브니크를 비롯한 달마티아지방은 오랜 세월 강력한 도시국가 베네치아의 영향권 아래 있었고 마르코 폴로 역시 베네치아의 상인으로 통했다. 그 사람이야말로 '잃어버린 것들'에 대해 전혀 상관하지 않는 종류의 인간이었을 것이다. 그는 '잃어버린 것들'을 기억하는 대신 자기가 보고 들은 진기한 것들을 적어 남겼다. 타고난 상인이자 여행가인 그와 달리 어쩔 수 없는 먹물에 책상물림인 나는 '보고 들은 진기한 것들'에 더하여 내가 '잃어버린 것들'을 보태 적는다. 그리고 또 한 권의 책을 세상으로 흘려보낸다. 나도 다시 흘러간다, 그 어디론가.

오래 준비해온 대답

김영하의 시칠리아

ⓒ 김영하 2020

1판 1쇄 2020년 4월 29일
1판 17쇄 2024년 9월 30일

글 · 사진 김영하

펴낸곳 복복서가(주)
출판등록 2019년 11월 12일 제2019-000101호
주소 03720 서울시 서대문구 연희로28길 3
홈페이지 www.bokbokseoga.co.kr
전자우편 edit@bokbokseoga.com
마케팅 문의 031) 955-2689

ISBN 979-11-970216-0-2 03810